Der Schild der 10000 Jahre

Für Catalina

O.T.G. Schelberg

Der Schild der 10000 Jahre

Awaria

Bibliografische Information der Deutschen Nationalbibliothek
Die Deutsche Nationalbibliothek verzeichnet diese Publikation
in der Deutschen Nationalbibliografie; detaillierte bibliografische
Daten sind im Internet über dnb.dnb.de abrufbar.

Satz, Umschlaggestaltung und Verlag: BoD · Books on Demand
GmbH, In de Tarpen 42, 22848 Norderstedt
Druck: Libri Plureos GmbH, Friedensallee 273, 22763 Hamburg

ISBN: 978-3-7597-6491-1

Inhalt

Teil Zwei

Teil 3

Prolog

»Sie kommen.«
»Ja.«
»Gibt es eine Chance?«
»Ja. Eine.«

Teil eins

Awaria

»Meditation ist ein Krieg.«

Drohend baut er sich vor When auf.

Ein fleischgewordener Panzerschrank, und When fragt sich, welche Zahlenkombination er braucht, um ihn in den Ruhemodus zu bringen.

»Vergesst alles, was ihr bisher über Meditation gehört habt. Vergesst diesen lächerlichen Begriff.«

Seine Augen bohren sich in die des jungen Schülers.

Ein Bodybuilder, nur halt eben in der Robe der Gelugpas, frisch aus einem Retreat im Himalaya.

In dem sie anscheinend Kinder gegessen und Kali gehuldigt haben, vermutet When, und kann ein Lächeln nicht unterdrücken.

»Habe ich etwas Komisches gesagt, Schüler?«

When spürt seine Kraft. Unbändig zunächst. Dann gebündelt, wie ein Laser.

Dieses Spiel können wir beide spielen.

Und der Junge erwidert den Blick. Bis sich Nadeln in seine Gliedmaßen bohren, und er zu Boden schauen muss.

Er keucht. Fast vermutet er, dass Blut aus seiner Nase läuft.

»Ahhh, das Wunderkind. Ich verstehe.«

Cremp wendet sich der Tafel zu, und die Schüler wundern sich, woher er die bekommen hat.

»Vergesst alles. Meditation. Bücher über Meditation. Sutren, Religionen, Heilige, Möchtegernlehrer, die euch mal anerkennend auf die Schulter geklopft haben.«

Er dreht sich wieder den Schülern zu, plötzlich einen Zenstab in der Hand.

»Und vor allem, vergesst wer ihr seid. Euren Namen, Herkunft, Freunde, Eltern.«

Er wirft einen kurzen Blick auf When.

»Wann ihr das erste Mal beglückt wurdet, welche Examen ihr absolviert, was ihr geschafft habt, versucht habt, worin ihr versagt habt. Welche Auszeichnungen an eurer Wand hängen, was ihr für die Umwelt tut, welche Geheimnisse ihr meint hüten zu müssen.«

Sein Stimme wird zu einem dumpfen Dröhnen.

»Glaubt mir, Schüler. Dies ist alles schon dagewesen. *Alles.*«

Blitzschnell schießt der Stab hervor, und trifft ein Mädchen zwischen Hals und Schulterblättern.

When erinnerst sich an ihre goldenen Locken, ihre großen Augen, in die jetzt die Tränen schießen.

»Aber eins vergesst nicht. Eure *Haltung.*«

Seine Blicke sind fühlbar auf der Haut. Wie mechanisch strafft sich Whens Rücken. Er wagt nicht einmal, sich umzuschauen, aber bestimmt spannen sich seine Mitschüler ebenfalls an.

»Gerade Wirbelsäule. Ob ihr im Himalaya seid oder im Herzen von Afrika. Oder in einem eurer Beauty und Spa Wassertanks ... gerade Wirbelsäule. Der Rest ist zweitrangig.«

Wieder schnellt der Stab vor. Als es *wieder* Goldlöckchen trifft, muss When fast lachen.

Wenn er damals gewusst hätte, wie schmerzhaft sich so etwas anfühlt, und wie oft er dieses Vergnügen noch haben würde ...

Er hätte nicht gelacht.

*

Unterrichtsende. Man hört fast den Raum mit Erleichterung aufatmen.

Dann betritt der Direktor das Klassenzimmer. »Das ist erst der Anfang. Zu hohe Erwartungen könnten alles zerstören.«

Der Veteran blickt ihn scharf an. »Zu geringe aber auch.« Er blickt aus dem Fenster in den Regen. »Die Zeit läuft uns davon. Je friedfertiger wir werden, umso gieriger und brutaler werden unsere Nachbarn. Ist nicht das erste Mal, dass ich das erlebe.«

Der Direktor neigt zustimmend den Kopf. »Und? Werden *sie* es überleben? Das Training?«

Cremp wirft einen Blick auf den Zenstab. »Körperlich, ja, wenn du das meinst.« Er legt den Stab beiseite. »Wenn du das Potential von ihnen meinst, habe ich meine Zweifel. Sie sind alle fleißig. Ausdauernd. Ruhig.« Er blickt auf den leeren Stuhl am Fenster. »Na ja. Fast alle.«

Der Direktor folgt seinem Blick. »Du redest von ihrem Bruder?«

»Ja. Er wird ein hartes Stück Arbeit. Und wir haben so wenig Zeit. Es wird schwer.«

»Aber ...?« Der Direktor hat ein Aufblitzen in den Augen seines Gegenübers gesehen.

»Ich habe ihn zu einem Duell herausgefordert.«

»Du hast was? Die Schüler sind sechzehn. Und ihn haben wir von der Straße aufgelesen, er hat noch weit weniger Erfahrung als alle anderen.«

Der Veteran winkt ab. »Ihm ist nichts passiert. Er hat abgebrochen, bevor ich es beenden konnte.«

»Und?«, fragt der Direktor neugierig.

»Und die Millisekunde vorher hat er mich fast aus meinen Schuhen gehauen.«

*

Der Viktualienmarkt.

Sturmfrei heute, was selten vorkommt seit dem Ende der Zwanziger.

Lärm schleicht sich durch die Straßen, erreicht ihn aber nicht. Vielleicht wegen der Statue. Sie, in ihrer letzten, heroischen Pose, die Hand gebieterisch erhoben.

Oder weil die Erinnerung ihn fesselt.

Als er noch jung war und auf den Straßen, war dies immer der Ort gewesen, mit ihren Lieblingstouristen. Die er und seine Freunde am liebsten erleichtert haben. Damit der Weg nach Hause in Bierseligkeit und behängt mit Souvenirs nicht mehr ganz so beschwerlich werden würde.

Er blickt an sich herab. Hätten die Polizisten ihm damals zugerufen – während sie vergeblich versuchten, ihm durch die Gassen zu folgen – , er würde selbst mal Uniform tragen, hätte er bestimmt laut gelacht.

»Bruder«, holt ihn eine sanfte Stimme in die Gegenwart zurück.

Was seine Trainer an der Akademie wohl über diese geistigen Ausflüge gesagt hätten?

»Die Tanks stehen bereit.«

Er nickt und folgt seinem Bruder den Alten Peter hinauf. Der wirklich alt ist, und mit bester Aussicht.

*

Meliannenplatz.

Eine Menschenmenge wogt hin und her und wartet auf ihren Helden.

»Wie lange schon?«

When fokussiert seinen Blick, nimmt Details einzelner Personen auf.

»Siebenundvierzig Minuten seit dem Eintreffen der ersten nennenswerten Gruppen.«»Gab es Ausschreitungen?«

»Ja. Aber wenige. Du weißt, wie er vorgeht.«

Er nickt. Das Warten, der Druck auf dem Kessel, vor dem großen Auftritt.

»Wir haben eine Schwester der Hand eingesetzt, um Schlimmeres zu vermeiden. Mussten sie aber abziehen.«

Ein schelmisches Lächeln fliegt über das Gesicht seines Bruders, erinnert ihn daran, dass sie auch nur Menschen sind.

»Zu viele Gegner?«, fragt When.

Wohl kaum. Die Monate, die er mit ihnen trainiert hat, gehören zu den schmerzhaftesten seines Lebens. Aikido. Defensiver Kampfstil. *Als ob*, denkt er.

»Auch ihren Fähigkeiten sind Grenzen gesetzt. Anscheinend waren es irgendwann so viele Gegner, dass diese irgendwann ineinander gelaufen sind. Oder in ihre eigenen Tritte. Es wurde doch ein wenig blutig.«

When nickt verständnisvoll, während er weiterhin die Menge dort unten beobachtet.

»Er kommt.«

Applaus brandet auf.

Er ist nicht in seinem sensitiven Modus, aber selbst ein Stein könnte die aufkommende Flutwelle spüren. Die Wut. Die Hoffnung. Sie kommt mit ihm.

Fast bescheiden betritt der Tribun die Bühne, schaut erst auf, als er am Rednerpult steht.

Ein Mann des Volkes ist er geworden. Seinen Anzug hat er gegen einen Trainingsanzug Marke »Wille zum Widerstand« eingetauscht, seine braunen Lederschuhe mussten Turnschuhen weichen. Vom Länderchef zum Rebellen innerhalb weniger Jahre.

Wandelbar ist er jedenfalls, denkt When.

Und als der Tribun seine Arme hebt und der Masse einen Blick gönnt, spürt When den Atem seines Bruders unregelmäßig werden.

*

»Bürger.«

Alles wird still.

Seine Stimme klingt melodisch, aber fest. Hell, aber mit einem Bariton im Untergrund.

Unsere Brüder des mittleren Weges sollten dich studieren. Zumindest einige Aspekte von dir, mein Freund.

»Bürger!« Dieses Mal klingt es wie ein Appell,

fast flehend. »Wie gerne würde ich euch Freunde nennen, sogar Brüder oder Schwestern. Aber diese Worte, einst so schön, so bedeutsam, wurden zunichtegemacht.«

Langsam hebt er seine Hand und mahnend ruckt sein Finger wie ein Fallbeil auf zwei Brüder des Ordens, die am Rande des Platzes die Menge flankieren, und dabei seltsam unbeteiligt schauen. Was vielleicht auch daran liegt, dass sie hoffnungslos in der Unterzahl sind.

»Von *ihnen*.«

Schmährufe werden laut, Hände schießen in die Luft, und When spürt den Hass hinaufkriechen. Vielleicht sind einige Agitatoren darunter, aber bestimmt weniger als angenommen.

»Sollen wir beginnen? Bevor es schlimmer wird?« Sein Bruder neben ihm hat wieder Ruhe erlangt, funktioniert wieder.

»Noch nicht«, sagt When, ohne seinen Blick abzuwenden.

Er soll sich erst noch ein wenig austoben. Schuldige finden, die Meute aufbauschen. Verschieß erst einmal dein Pulver.

»Seht euch um, meine lieben Bürger. Schaut nach rechts und nach links«, verlangt der Tribun.

Unsicher folgt die Masse seinem Befehl.

»Welches Recht, welche Freiheit dürft ihr gerade genießen?«

Sekunden vergehen. Fragende Blicke werden ausgetauscht. When weiß genau, was kommt.

»Das Recht zu stehen, Bürger!«, brandet es aus ihm heraus. »Das Recht zu stehen!«, wiederholt er und hat die Masse wieder. »Und wisst ihr, wer dieses Recht nicht mehr hat, meine lieben Bürger?«

When atmet tief durch. *Unsere Kinder.*

»Unsere Kinder!«, brüllt der Redner. »Und warum? Weil diese Regierung unsere Kinder verpflichtet, *verpflichtet*, Stunden des Unterrichts darauf zu verschwenden, nichts zu tun. Nichts! Nur zu sitzen. In irgendeiner Pose, die vor Tausenden von Jahren mal ein krummbeiniger Inder benutzt hat, als er faul unter einem Baum saß.«

When spürt eine Bewegung neben sich. »Das ist nicht wahr! Sie tun ...«

»Ruhig, Bruder«, unterbricht er ihn. Seine Stimme ist ein Flüstern.

»Verzeih. Es ist nur ... Verzeih.«

When lächelt. »Ich weiß. Und die Studien belegen es. Aber der beste Beweis, dass Meditation für Kinder funktioniert, bist du selbst.« Sanft nimmt er seine Hand. Spürt, wie die Ruhe zurück kehrt.»Ja, Bruder.«

»Was sollen wir tun?«

»Noch ein bisschen die Show genießen.«

Sein Lächeln sollte nicht da sein. Tiefe Meditation braucht eine lange Vorbereitungszeit, haben seine Ausbilder immer gesagt. Nein, weiß er jetzt. Sie braucht Humor.

*

»Aber das ist nur die absolute Spitze des Eisbergs!«, fährt der gerechte Rächer fort, jetzt so richtig in Rage. »In allen Bereichen haben sie unsere Traditionen zerstört! Unsere Wege, die unserer geliebten Vorfahren. Und für was? Nicht für den Wohlstand, meine Freunde, so viel ist sicher!«

Demonstrativ zieht er die Innenseiten seiner Hosentaschen hervor und erntet Gelächter.

»Sie haben uns das Reisen genommen. Die Möglichkeit, andere Länder zu sehen, andere Kulturen. Und sie nennen das Respekt! Sie haben uns unsere Autos genommen, unseren Stolz als Wirtschaftsnation – im Namen vom Umweltschutz!«

Seine Stimme wird lauter und lauter und stürmt unaufhaltsam dem Höhepunkt entgegen.

»Und kontrolliert werden wir!«

Plötzlich hat When das Gefühl, der Tribun blickt direkt in seine Richtung.

»Von Freaks, die dieses groteske System hervorgebracht hat.«

Das Geschrei der Menge schmerzt in den Ohren.

»Es ist Zeit, Bruder. Bereite die Tanks vor«, gibt When den Befehl.

Freaks. Er lächelt. Gleitet hinab. *Du hast nicht mal den Ansatz einer Ahnung, mein Freund.*

*

»Zweiter Schritt: *Ruhe.*«

Später im Jahr.

Noch gibt es keine Verletzten, zumindest nicht körperlich. Aber einige haben das Handtuch geworfen, dienen jetzt in anderen Bereichen, möglichst weit weg von dem Panzerschrank; irgendwo, wo es weich ist und schön duftet. Und, na ja, eben *ruhig* ist.

»Was ist das eigentlich? Ruhe?«, brüllt Cremp, während er den Lautstärkeregler der Anlage noch mal nach oben schiebt.

Alles, nur nicht das hier, denkt When und schaut in die verkrampften Gesichter seiner Schwestern und Brüder. Goldlöckchen ist da, immer noch. Sein Freund auch; und ein Japaner, der selbst jetzt so ruhig ist, dass man den Drang verspürt, ihn aufzuwecken.

Schade, dass Sras versetzt wurde, denkt er. Aber irgendwann ist ihr doch der Fuß ausgerutscht. Und die Hand. Als Cremp mal wieder den Stab einsetzen wollte.

Das Ganze begann mit einer nicht unästhetischen Keilerei und endete in einer der illegalen Bars, Arm in Arm, bevor die Keilerei weiterging(nur nicht gegeneinander).

»Ruhe«, dringt es durch eine Mischung aus Gitarrenriff und dem Jetstart auf einem Flugzeugträger, »ist nur *in* euch. Nur in euch könnt ihr sie finden. Ihr denkt, sie ist abhängig von der Umwelt? Dann irrt ihr euch. Und werdet zum Spielball.«

When schwitzt. Und regt sich darüber auf, dass er schwitzt. Und darüber, dass er sich aufregt. Er wusste mal, was Ruhe ist. In einem anderem Leben, fern von den Geräuschen, den furchtbaren Geräuschen, die wie Säbel durch seinen Kopf schneiden.

Dabei hat er so gute Fortschritte gemacht. Auf dem Rollfeld hat er Ruhe gefunden. Auf dem Marienplatz mit all den Touristen, den Eindrücken. Selbst als sie regelrecht gefoltert worden sind, mit alten Aufzeichnungen des Fernsehgartens, der Tagesschau und Bundestagssitzungen als der Reichstag noch stand, regelrechte Anschläge auf Geschmack, Anstand und Wahrheit, hatte er die Ruhe gefunden. Aber jetzt?

Wo bist du? Wenn du in mir bist, warum fühle ich dich nicht? Wo habe ich dich verloren?

»Es gibt Menschen, die unruhig werden, wenn eine Tür fest zugeschlagen wird. Wenn sie langsam zur Weißglut gebracht werden, weil ein Kind immer weiter nachfragt.«

Weißglut, denkt When. *Treffendes Beispiel.*

»Andere bleiben ruhig, selbst im Angesicht von Lärm, Beleidigungen, Unwahrheiten und Bedrohungen.« Cremp hält kurz inne, blickt die Wände entlang, wo einige Statuen ihrer Heiligen stehen.Oder sitzen. »Selbst wenn ihr Inneres aufgewühlt ist, blieben sie ruhig. Selbst wenn es Nichts mehr anderes zu geben scheint, bleiben sie ruhig.«

Nichts mehr anderes zu geben schien. Gibt es noch etwas anderes außer diese Furcht, tiefe Furcht, aus den Jahrtausenden stammend, vor dem Lärm?, fragt sich When. Vor dem Zucken der Blitze, den Erdbeben, alles noch unverstanden früher. Und heute? Dem ständigen monotonen Jaulen der Maschinen, dem Hintergrundrauschen all der Meinungen, der Gespräche ...

»Ich weiß, es ist schwer. Und es kann schwerer und schwerer werden. Wenn ich vor dem Umsturz einen Lehrer gefunden hätte, der einer Horde Kinder ruhig Fragen beantworten konnte, hätte ich ihm eine Medaille ausgehändigt. Wenn ich einen Politiker gefunden hätte, der ruhig geblieben wäre, selbst im Rauschen seiner eigenen Egozentrik, hätte ich ihn zum König der Welt gemacht.«

Cremp läuft zwischen ihnen umher und mustert sie.

»Ich weiß, es ist schwer«, wiederholt er, »aber ihr, unsere Elite, ihr müsst dort durch. Euer Ego wird *immer* einen Grund finden, um unruhig zu sein. Ob es der nervige Nachbar ist oder jemand, der das Messer vor euch zückt. Oder diese Musik.« Er dreht den Regler nach unten.

When entkrampft sich, Goldlöckchen ist härter geworden, und scheint eine gewisses Ruhe gefunden zu haben. Andere atmen ebenso auf wie When, nur der Japaner scheint endgültig eingeschlafen zu sein.

»Aber genauso, wie es immer einen Grund geben wird, sich von der Unruhe kontrollieren zu lassen, so wird es auch jederzeit einen Ort in euch geben, in dem ihr eure Ruhe und Kraft finden werdet. Findet diesen Ort! Dann verliert ihn. Dann findet ihn wieder, macht euch mit ihm vertraut. Liebt ihn, bis aus dem Tropfen ein Meer geworden ist.«

Ein Meer der Stille.

Plötzlich fühlt When den sanften Wind auf seiner Haut, das Meeresrauschen. Er denkt an früher, als sie das einzige Mal gemeinsam am Ozean waren. *Die Stille.*

»Ihr *müsst* die Stille finden. Ruhig bleiben wie ein Eisblock – auch wenn die Welt um euch herum unter Getöse zusammenbricht. Denn auf Unruhe folgt Abneigung, auf Abneigung Furcht, und aus Furcht wächst Zorn.« Cremp schaltet die Geräusche ganz ab.

When atmet durch.

»Und unser Ziel, der Frieden, wird unerreichbar.« Cremps Blick gleitet über seine Schüler. Unerkennbar, was er fühlt. Ob Zuversicht. Oder Enttäuschung. »In einer Woche steht der Test an. Wer nicht besteht, ist natürlich immer noch willkommen.« Jetzt lächelt er wieder aufmunternd, fast als würde er seine Rolle bereuen.

*

Der Tank.

Die älteren Modelle sahen eher aus wie etwas aus einem SF Film, ein fehlgeschlagener Versuch, etwas Besonderes zu bauen, mit all den Stangen und den Sauerstofftanks. Das Gute war, dass Passanten nur gedacht haben, hier würde eine Baustelle errichtet.

Die schwarze Röhre, die nun knapp außerhalb der Sichtweite des Mobs liegt, ist stromlinienförmig, irgendwas zwischen Torpedo und Skigepäckträger. Sauerstoffflaschen gibt es nicht mehr, auch kein Kontrollpult. Das eine, weil er auf sich alleine gestellt sein will. Das andere, weil er nicht mehr so viel atmet wie früher.

»Alles ist vorbereitet. Keine immanenten Bedrohungen.«

Sein Bruder öffnet den Tank, dann überreicht er ihm eine kleine Kapsel.

Whens Körper verneigt sich. Er selbst ist schon abgetaucht, hört seine Stimme nur noch aus der Ferne. »Wie weit bis zur Menge?«

»Zwanzig Meter.«

When nickt.

Einen Berg *auf fünftausend Meter* zu besteigen macht Spaß, denkt er. Eine Kiste Steine mit hoch zu tragen, ist eine Herausforderung.

*

»Das schlimmste aber ist ihr Symbol.«

Alles wird ein Nebel, während er in das Wasser gleitet und die Kapsel in den Mund nimmt.

»Unsere geliebte Melianne!«

Untertaucht.

»Pervertiert, beschmutzt mit Symbolen des Heidentums!«

Und untergeht.

*

»Dritter Schritt: Der *Moment*.«

Alle haben sie verloren; innerhalb eines Schrittes. Nein, nicht verloren. Der Japaner hat sich wirklich als Wunderkind herausgestellt, ist zurück nach Japan gegangen und leitet dort nun ein Ausbildungszentrum. Oder ist Staatsoberhaupt. Oder die Inkarnation von Kwannon Ji – Whens Japanisch ist ein bisschen eingerostet.

Sras hat sich den Schwestern der Hand angeschlossen, was nur natürlich zu sein schien. Dort hat sie bereits am ersten Tag zwei Meister so vermöbelt, dass zufällig an diesem Tag auch zwei Stellen für Kampfmeister vakant wurden. Eine davon hat sie angenommen.

Seinem Kumpel war das mit der Stille dann doch zu langweilig und er ist zu den Beobachtern gewechselt, einer Art von Journalisten, nur ohne die Gier, Menschenverachtung und Dummheit, die bei neunundneunzig Prozent der Presse des letzten Jahrzehnts geherrscht haben. So zumindest der Plan.

Und jetzt nur noch sie beide übrig.

Goldlöckchen – oder besser Tara – ist seit den ersten Stunden so eiskalt ruhig geworden, dass sie nicht einmal in Meditationshaltung gehen muss, um ein ganzes Gebäude in Stille zu tauchen. Eine finstere Entwicklung, sollte man meinen. Aber dann erhascht man einen Blick in ihre eisgrauen Augen, und ein sanftes Lächeln von ihr streichelt die eigene Seele. Sie wird es schaffen. Egal, wie viele Schritte und Prüfungen es noch gibt.

Aber When? Sein Bonus, der Bruder zu sein und ein besonderes Talent zu haben, spielt längst keine Rolle mehr. In den höchsten Sphären zählt kein Talent mehr, sondern Training. Durchhaltevermögen. Ein Ziel, das es wert ist.

Hat er all das? *Ja*, entscheidet er sich.

Die Haltung hat er so lange geübt, bis es ihm unnatürlich vorkam, nicht aufrecht zu sitzen, zu gehen oder zu stehen. Die Ruhe hat er gefunden und verloren und wieder gefunden, nach unzähligen Stunden an belebten, lärmenden Orten, während er sich Leute gesucht hat, die kein gutes Haar an ihm ließen. Und bei Heavy Metal und Schlagerliedern der letzten Jahrzehnte.

Jetzt regt sich nichts mehr in ihm. Ein stiller See in der Nacht. Kein Wind, nicht einmal der Mond spiegelt sich im Wasser.

Du hast mich dorthin geführt. Jetzt ist das Einzige, was die Stille stört, der Gedanke tief unten, dass ich nicht mehr auftauchen werde.

»Es gibt nur einen *einzigen* Zeitpunkt, in dem ihr meditieren könnt. Und das ist immer das Jetzt.« Der Veteran – ruhiger, irgendwie verständnisvoller geworden in den letzten Wochen – schüttelt nachdenklich den Kopf. »Ja, ich weiß. Der vielzitierte Moment. Das geheimnisvolle Jetzt. Fehlt in keinem Esoterikbuch und keiner Heilsverkündung. In keiner Religion. Aber dieses Mal, und nicht das erste Mal, versteckt sich die Wahrheit direkt hinter einer banalen Fassade.«

Ruhig blickt er in den Regen hinaus auf die Mauern des Fürstenrieder Schlosses.

Hat es eigentlich mal nicht geregnet, seit ich das Training begonnen habe?, fragt sich When. *Oder erwache ich immer nur pünktlich zum nächsten Regenguss? Sucht mein Bewusstsein immer nur nach dem Wetter, das ihm am besten steht?*

»Und wie der Moment verscherzt wird. Es gibt immer ein nächstes Mal: ›Morgen bin ich besser vorbereitet‹. Oder: ›Für heute habe ich genug erreicht‹. Kommt euch das bekannt vor?« Ohne auf eine Antwort zu warten, fährt er fort: »Und wie der Moment banalisiert wurde. Ein Leben in Achtsamkeit, wie fruchtbar. Wie gehaltvoll. Aber glaubt mir eines.« Sein Blick wandert über When, dann über Tara. »Der Moment ist *alles*. Er ist unser Tor zur ultimativen Weisheit. Unsere Rettung. Wir müssen ihm nur *alles* geben.«

Der Moment.
Die Rettung.
Ja. Mit diesem Ziel könnte ich leben.

*

»Taucht in den Moment ein. Und verharrt dort, bis ihr euren letzten Atemzug macht. Oder nicht mehr seid.«

»Und wenn wir auf die Toilette müssen?«, hätte Whens Freund gefragt. Und der Veteran

31

hätte humorlos einen Katheter in die Luft gehalten und dazu noch ein oder zwei verstörende Gerätschaften.

»Es gibt keine Störgeräusche, keine Gedanken, die nicht in dem Moment sind. Sie sind das Einzige, was sich real anfühlt. Nicht die Visualisierungen, nicht die Gottheiten oder Mantras. Es gibt nur die Realität. Beobachtet sie. Lauft nicht weg. Ändert sie nicht. Bleibt gelassen.« Jetzt setzt Cremp sich und schweigt. »Fragen?«, kommt es tiefe summend aus seiner Kehle.

»Was ist, wenn der Moment nicht schön ist?«

Der Veteran holt tief Luft.

Tara ist bereits in den Tiefen verschwunden, das spürt When an der Raumtemperatur.

»Dann, mein Junge«, antwortet der Veteran lächelnd, »ist der Moment nicht schön.«

*

Tribüne.

Kommt von Tribun wahrscheinlich, denkt er, und blickt auf einen gefallenen.

Alles fließt. Heraklit. Aber wohin und warum ... Ich weiß es nicht.

When lässt sich neben dem Redner in einen Schneidersitz fallen. Er trocknet seine Haare mit einem taschentuchgroßen Handtuch und blickt über den verlassenen Platz. Leere Bierbecher liegen noch herum. Auch ihre Stöcke und Steine haben sie liegen lassen.

»Sie sind einfach gegangen. Einfach so.« Der Tribun schaut ungläubig. Selbst seine Tontechniker sind verschwunden, nur ein Bodyguard hat ausgeharrt. Der hält krampfhaft ein Pfefferspray fest.

Interessant. Du willst kämpfen, weißt aber nicht, wogegen.

»Bruder.« When betätigt den Funk. »Bring unserem großen, glatzköpfigen Freund ein Glas Wasser. Nimm ihm sein Spray ab, dann fahr ihn nach Hause.« Er schaut noch mal in die Richtung des Riesenbabys. »Und beobachte ihn. Er hat Potential.«

»Ja, Bruder.«

*

»Ihr wart das«, stellt der Trainingsanzug fest.

»Ja.« antwortet der halbnackte When.

»Wie sie damals? Hat sie uns so gerettet?«

When lächelt schwach. »Ja. Und nein. Das Ziel ist das Gleiche. Aber sie hat echte Macht benutzt. Ich bin nur ein Kind dagegen.« Er steht auf und streckt dem Tribun eine Hand entgegen.

»Wo sind die Leute hin? Wie ...?«

»Konkrete Antworten. Davon habe ich mich schon lange verabschiedet. Vielleicht haben sie erkannt, dass Hass der falsche Weg ist. Vielleicht haben sie sich daran erinnert, dass zu Hause jemand auf sie wartet. Dass ein Mensch da ist, um den sie sich kümmern müssen. Großeltern, die gepflegt werden müssen. Partner, die respektiert werden wollen.« Er lächelt, seine Hand immer noch offen. »Kinder, um die wir uns kümmern werden. Auch wenn wir sie zwingen, sitzen zu bleiben.«

»Auch wenn es nur dreißig Minuten pro Woche sind«, fügt er hinzu.

Der Mann erinnert sich an die Worte. Vielleicht, weil es seine eigenen sind. »Keine Tricks?«

»Nein.«

Dann ergreift der Redner die Hand, zieht sich hoch und sieht When tief in die Augen. Ein Tiger, der in die Enge getrieben wurde.

»Es ist noch nicht vorbei.«

Seine Hand schließt sich fester. Bis für einen Moment Balance herrscht. Druck und Gegendruck. Härte, Weichheit.

»Das ist es nie.«

Er nickt, dreht sich um und geht ein paar Schritte. Über die Plakate hinweg. Dann hält er inne, spricht leise in sich hinein, trotzdem ist es unmöglich für When, es nicht zu hören. »Sie magst du manipuliert haben mit deinem Hokuspokus. Weil sie einfach sind. Unbewusst.« Er lächelt. »Bei mir hat es nicht mal gekitzelt ... Nein, warte, ich lüge. Und das habt ihr nicht verdient. Ihr seid ja immer so ehrlich.«

Er schaut ihn spöttisch an.

»Für eine Sekunde war ich ruhig. Friedlich. Ganz pink. Wie deine ganze tuntige Organisation.« Sein Gesicht verzieht sich vor Ekel. »Mitgefühl. Vertrauen.«

Endlich hat er wieder zu seiner einstigen Stärke zurückgefunden. Ist der Tribun der unendlichen politischen Kämpfe. Und stürmt davon.

»Eine Sekunde, Flipper. Mehr nicht«, schallt es noch.

When ist allein. Lächelt über den Spitznamen, den ihm die Presse wegen den Tanks gegeben hat. Dann verbeugt er sich.

Leider muss ich dich enttäuschen, Freund. Du warst zu weit entfernt, zu energiegeladen. Dich habe ich nicht einmal für ein Zehntel einer Sekunde miteinbezogen. Das Mitgefühl, das du gespürt hast, ist ganz allein deine Schuld.

Das Briefing

»Freund, du siehst aus, als bräuchtest du ein Transportmittel.« When steigt ab, überprüft kurz den Speicher des Akkus.

Ein kleiner alter Mann schaut missmutig zu ihm hinauf. »Was meinst du damit? Sehe ich so alt aus in deinen Augen?«

When hebt entschuldigend die Hände. »Ganz im Gegenteil.« Er gibt ihm den Lenker in die tattrigen Hände. »Gehe in Frieden.«

»Wenn du meinst«, schnappt der Alte und wendet sich einem Passanten zu. »Hey du, der Bruder hier hat ein E-Bike zu viel. Interesse?«

When lächelt, wendet sich um und blickt hinauf. An ihr. In tiefer Versenkung. Und selbst da strahlen ihre Augen eine unendliche Güte aus.

Er verneigt sich tief, dann geht er bedächtig die Stufen zu ihrer Zentrale hoch und betritt den Empfangsraum. Einige Anwesende drehen sich um, werfen ihm anerkennende Blicke zu. Er nickt freundlich zurück.

»Aktivierung?«, vibriert der Kleine Bruder an seinem Handgelenk.

»Nein. Ich mag den menschlichen Kontakt.«

»Gemeinheit. Du weißt, wie gerne ich mich mit dem Zentralcomputer vernetze.«

Interessant, denkt er. *Je kälter wir werden, desto emotionaler werden die Roboter.* Hoffentlich gibt es irgendwann eine heldenhafte Maschine, die die Roboter vor den Menschen schützt.

»Willkommen, Bruder.«

When verneigt sich vor seiner Schwester. *Was für eine Kraft an diesem Ort wirkt. Und welche Kraft sie besitzt.*

»Ich hoffe, es gab keine Schwierigkeiten mit unserem Torwächter?« Sie lächelt ihn an. Irgendwo von oben, denn sie überragt When bestimmt um zwei Köpfe.

»Nein. Ich kenne ihn schon lange. Leider vergisst er das immer.« *Oder er tut zumindest so.*

»Ja. Aber er ist so lieb. Und wird uns alle überleben.«

»Bestimmt.«

Ihr KB vibriert. Sie nickt unmerklich. »Du wirst bereits erwartet. Erster Stock. Ich führe dich dorthin.« Sie blickt an ihm herab. »Falls du dich vorher frisch machen willst, Bäder sind vorhanden. Und bestimmt auch eine Uniform in deiner Größe.«

Er ist er verwirrt. Dann fällt ihm ein, dass seine Haut kein Wasser mehr seit dem Tank gesehen hat. Na ja, und das Wasser im Tank ist salzig und etwas ... speziell.

»Nein, vielen Dank. Wir lassen ihn besser nicht warten.«

Sie strahlt in an. »Weise Entscheidung, Bruder.«

Er lächelt ein wenig verlegen. »Manchmal gibt es kein Zurück. Dann kann man nur hoffen, dass am Ende der Torheit wieder die Weisheit gewinnt.«

Jetzt lacht sie laut auf. Glockenhell. »Eines seiner Zitate. Das wird ihm gefallen!« Sie dreht sich um und schreitet voran.

Ja, seine Zitate waren schon öfter von Vorteil.

*

Der Meetingraum.

Lange war er schon nicht mehr hier gewesen. Das letzte Mal war, als einige Hüter einen Streit unter Bauern schlichten mussten. Harte Kost. Seitdem gab es nur noch Nachrichten für seinen kleinen Bruder, dann direkt der Wassertank, der hoffentlich eine friedliche Lösung bedeutet.

Und er wundert sich, ob Friedenshüter selbst irgendwann mal den Frieden genießen können; und warum der Saal leer ist, bis auf ihn.

»Dein letzter Einsatz war ein Erfolg, habe ich gehört? Trotz der ... Verspätung?«

Diese Stimme.

»Ja. Wir konnten die Menge beruhigen. Alles

gute Menschen. Ein bisschen vom Weg abgekommen.« When dreht sich um. »Was die Verspätung angeht ... Es gab Probleme mit dem Tank. Das Wasser hatte nicht die richtige Temperatur.«

Eine offensichtliche Lüge ist manchmal ehrlicher als die Wahrheit. Und amüsanter.

Für einen Moment schaut ihn der Veteran zweifelnd an, dann lächelt er.

Er hat sich kaum verändert. Vielleicht mehr Muskeln.

»Sei gegrüßt, Bruder. Ich hoffe, die Raumtemperatur hier ist angenehm für dich.«

Das Kraftpaket, hoch wie breit, verneigt sich. Neue Robe, ärmellos, Spezialanfertigung. Volles graues Haar, trotz seiner ... *Wie alt ist er? Zweihundert?*, denkt When.

Er erwidert den Gruß. »Ja, sehr angenehm. Lehrer.«

»Bitte ...« Cremp lacht so herzlich, dass es ansteckend ist. »Das ist lange her. Aber genug der Floskeln, sonst sitzen wir beide stundenlang beisammen und zählen die grauen Haare, die ich wegen deiner ... kreativen Momente bekommen habe.«

Entschlossen schreitet er an When vorbei und hält auf ein Pult zu. Dort zieht sich Cremp den Kleinen Bruder vom Arm. Nein, klein ist untertrieben, das muss eine Luxusversion sein. Und

When wusste nicht einmal, dass es Variationen gibt.

Sorgfältig positioniert Cremp ihn auf dem Tisch und flüstert ein Kommando, dann flammt ein Licht auf.

»Heute, mein Freund, wirst du deine ersten grauen Haare bekommen. Bitte verzeih mir schon einmal im Voraus.«

*

When atmet tief durch. Lässt die Bilder an sich vorbeiziehen.

Ich habe meditiert an den seltsamsten Orten, und Ruhe gefunden. Nicht immer sofort, und nicht immer, aber irgendwann. Und mit der Zeit wurde es besser.

Aber setzt man mich in ein Klassenzimmer, läuft auf und ab und schwadroniert über ein Thema, bin ich so ruhig wie ein Bienenschwarm ...das muss wohl Karma sein ... Wenn er nicht bald zum Punkt kommt, kann ich dem Drang nicht widerstehen, ihn heimlich mit Papierkugeln abzuschießen. Nicht, dass ich ihn treffen würde ...

»Dieser reichsfreie Städtebund umfasst einige, wie überraschend, Städte, die sich in der Zeit der Umwälzung für unabhängig erklärt haben. Die Streitkräfte der ehemaligen Bundeswehr haben eine entmilitarisierte Zone um das Gebiet errichtet. Seitdem sind sie eher unter sich geblieben. Einige Besuche, einige Scharmützel, aber kein wichtiger Faktor für uns und unser Ziel.« Cremp blickt ihn scharf an. »Das hat sich jetzt geändert.«

*

Cremp startet eine visuelle Aufnahme. Kein Lowtech, eher ein Werbefilm. Hohe Auflösung, Einstellungen, die Kameraequipment und Kräne im Hintergrund vermuten lassen.

Einige Menschen, die wichtigen, tummeln sich um eine zentrale Figur, die NOCH wichtiger zu sein scheint. Der Hauptdarsteller ist allerdings jemand anderes. Oder besser: etwas anderes.

Die Menge teilt sich, gibt den Blick auf etwas frei, das sie umschwänzeln wie einst die Sünder das goldene Kalb. Aber das hier ist farblos. Metallen. Rund. Hässlich.

»Darf ich vorstellen? Atombombe. Älteres Modell. Leider nicht alt *genug*.«

When schweigt für einen Moment. Erinnerungen kommen zurück. An sie. An die Nacht der Kerzen.

»Wie haben sie sie bekommen?«

Cremp runzelt die Stirn.

»Das wissen wir nicht. Vielleicht durch Verbündete. Vielleicht aus irgendeinem geheimen

Arsenal entwendet. Auch wie sie durch die Blockaden gekommen sind, ist uns ein Rätsel. Im schlimmsten Fall ...«

Ein getarnter Hilfstransport, beendet When den Satz. *Und im allerschlimmsten Fall einer von uns.*

»Was wollen sie damit anfangen?«

»Im Moment nichts Konkretes. Prahlen, einschüchtern, den ein oder anderen Gefallen einfordern.« Er macht eine Pause. »Aber dabei wird es nicht bleiben.«

Nein. Wo eine Bombe ist, ist auch jemand, der den Knopf drücken wird. So lange sind wir beschützt worden – von Helden wie ihr und einfach nur purem Glück.

Russische Gauner, die wodkatrunken mit dem Koffer gespielt haben. Und wer weiß, wie viele amerikanische Präsidenten und Generäle nur zu gerne einmal den Nuclear-Football in die Endzone gedroschen hätten.

Weitere Bilder blitzen im Sekundentakt auf. Diese hässlichen Waffen. Gierig auf Zerstörung. Unterwürfig, liebkosend, nur um benutzt zu werden.

Der Veteran wird ernst. So hat When ihn nie zuvor gesehen.

»Andere werden aufrüsten. Die Streitkräfte hatten schon vor der Bombe ihre Jäger in der Luft. Nicht auszudenken, was jetzt in ihren Köpfen vorgeht. Die Blokes werden versuchen, das

Ding zu akquirieren, elegant wie immer natürlich. Andere Clans wollen sie vermutlich auch haben. Ebenso Organisationen, die weit weniger weise Führer haben. Man kann fast von Glück reden, dass sie bei den Gaffeln gelandet ist. Aber nur fast.«

Cremp fängt sich, setzt wieder eine kämpferische Miene auf. Für die Truppenmoral.

»Wie ich Opa Toupet kenne, wird er sie aufschrauben und in eines seiner maroden Kernkraftwerke einspeisen.«

Beide lächeln.

»Oder ihr seine Haare aufsetzen und sich durch sie im Elysee vertreten lassen«, führt When den Gedanken fort.

»Ja, was für ein Gewinn an Qualität das wäre.«

*

»Es wird ein Treffen geben.«

Ein Bruder kommt herein und bringt ihnen Tee.

»Noch sind die Gemüter kühl genug für ein bisschen Diplomatie. Oder eher Säbelrasseln. Das ist unsere Chance.« Cremp greift nach seiner Tasse und nimmt einen Schluck.

»Und wer hat uns angefordert?«

Dieses Mal scheint sein Lächeln ein wenig erzwungen. »Ja, das ist einer der Knackpunkte. Wir wurden leider nicht eingeladen.«

»Ich verstehe. Das ist …«, When zögert, »mal was Neues.«

»Nicht wahr? Und das macht den Plan so attraktiv.«

Da ist sie wieder, die alte Begeisterung, wenn er den anderen Trainern Streiche gespielt hat.

»Wenn mich meine Erinnerung nicht trügt, seid du und dein Freund die Einzigen, die es jemals an den Wächtern vorbei auf die Zeremonienfeier geschafft haben.«

When erinnert sich an die Gegenwehr seiner Brüder. Als er das erste Mal unscheinbar geworden ist. An die Kopfschmerzen am nächsten Tag. »Die Tür stand zufällig offen.«

Der Veteran lächelt. »Ja, das kommt vor. Und unsere Elite von Wächtern war an diesem Tag auch nicht wirklich bei der Sache.«

Cremp spielt gedankenversunken. »Machen wir ihnen das nicht zum Vorwurf.«

Cremp nickt. »Und wie war es auf Neuschwanstein?«

When will antworten, doch der Veteran wehrt ab.

»Bitte. Der internationale Zwischenfall war kaum der Rede wert, schließlich bist du ihr Bruder. Und du hattest einen Grund.«

Einen Grund. Ja. Tiefschwarzes Haar. Damals habe ich sie gesehen. Zum ersten Mal.

»Also, was meinst du?«

When erwacht aus seinen Gedanken.

Der Veteran sieht ihn fragend an. »Bereit, noch mal eine Party aufzumischen? Dieses Mal ganz offiziell inoffiziell?«

»Ja.«

»Sehr gut. Du begleitest einen Hilfstransport. Bis zur Zone haben wir freies Geleit ausgehandelt. Eine Delegation wird euch empfangen. In der Stadt wartet unsere Kontaktperson auf euch. Alles Weitere später.« Zufrieden schaltet sein Lehrer den Kleinen Bruder ab. »So ein Briefing macht mehr Hunger als Morgensport mit Meisterin Ajun, und die macht jeden Morgen zwanzig Kilometer. Lust auf die Kantine? Unsere Austauschlehrlinge aus Nepal sind dran. Es gibt Dal Bhat.«

*

»Was genau ist meine Aufgabe?«, fragt When zwanzig Danjavaaht und dreißig Schweißausbrüche später.

Der Veteran lächelt einer Nepalesin im Sari zu. »Wie immer: Frieden. Wir sollen die Bombe nach Hause bringen, demontieren und sie ins All schießen, wo sie niemandem etwas antun kann. Das zweite Ziel? Alle sollen sich in die Arme fallen und lieb haben.« Abwesend schaut er sich um. »Jetzt ein schönes Bier«, murmelt er sehnsüchtig.

When lächelt. *Du hast auch ein paar Bubenstücke in deiner Vergangenheit hingelegt, nicht wahr?*

»Und wenn das alles nicht klappt?«

Cremp wird ernster. Fokussiert ihn wie ein Adler eine Maus. »Dann überlebe. Und komm heil nach Hause.«

*

Das ist es also, geht es ihm durch den Kopf. *Keine Kundgebung. Keine Schlägerei, die er schlichten muss, sondern der Ernstfall.* Menschenleben stehen auf dem Spiel.

Und nicht das erste Mal fürchtet er sich vor der Nicht-Furcht in ihm. Vor der Ruhe.

»Wo wird das Treffen stattfinden?«

»Das wissen wir nicht. Die Stadt hat viele Veränderungen durchgemacht seit der Machtübernahme. Wir gehen davon aus, dass die Bedingungen ... nicht ideal sein werden.«

»Also wohl keine Meditationsmusik, Klangschalen und Räucherstäbchen?«

»Unwahrscheinlich.« Cremp lächelt.

Eine neue Umgebung. Anwesende extrem abweisend – wie es seine anderen Ausbilder immer scherzhaft ausgedrückt haben. Und kein Wassertank. Der Berg. Die Steine. Dieses Mal in der Todeszone.

»Wer wird an dem Treffen teilnehmen?«

»Bestätigt wurden uns der Ratsvorsitzende und seine Berater. Engländer. Ebenso ein Teil der über gebliebenen Amis. Schön überschaubar eigentlich, aber unsere Analysen zeigen ein anderes Bild.« Er holt unmerklich Luft, als hätte er etwas zu beichten. »Weitere mögliche Teilnehmer sind verfeindete Clans aus dem Osten. Verbündete aus den anderen freien Städten. Kleine Warlords, die sich wichtig machen wollen. Vielleicht die eine oder andere kleine Großmacht, die mitreden will. An Reichen und Schönen wird es bei dieser Gelegenheit bestimmt auch nicht fehlen.«

Kein Lächeln. Sarkasmus steht dir nicht gut zu Gesicht, Bruder. Die letzte Bemerkung war nicht als Scherz gemeint. Es war eine Warnung.

»Es wird nicht leicht, aber schließlich bist du mit dem Tribun fertig geworden. Und mit den Bauern. Was ist da schon ein Stadtrat und ein paar der mächtigsten Menschen dieses Kontinents?«

Schweigen.

»Bruder, ich muss dir nicht sagen ...«

Was auf dem Spiel steht ...,ja, so haben sie es früher genannt.

» ...welche Konsequenzen sich aus einem Erfolg deiner Mission ergeben könnten.«

Nein, aber etwas in ihm will sie trotzdem hören, die schönen Konsequenzen. *Frieden.*

Freundschaft. Unser Weg, der in die Welt hinaus-getragen wird.

»Und was passiert, sollte der Einsatz scheitern.«

Nein. Zu oft wurde das schon gesagt.

Können wir eigentlich ohne negative Konsequenzen existieren? Oder sie ohne die Menschen? Die apokalyptischen Reiter, die nicht fern sind, die immer unter uns waren?

Hass. Feindschaft. Tod. Und unser Weg von der Welt verschmäht. Nutzlos.

Cremp legt eine Pause ein.

Er war nervös. Vor diesem Treffen. Und ist es jetzt. »Nein. Ich werde die Aufgabe erfüllen«, sagt er, seine Stimme fest.

»Darauf vertrauen wir alle.« Der Veteran erhebt sich. »So, es wird Zeit, unseren Heiligen Bericht zu erstatten. Und ihnen von deiner außerordentlichen Bereitschaft und Motivation zu berichten ... Das wird sie freuen.«

»Das freut mich.«

»Noch Fragen?«

»Kommst du mit, Meister? Das klingt wie ein Abenteuer für dich.«

Cremp scheint die Sache eine Millisekunde zu erwägen, dann lacht er. »Meine Wenigkeit? Nein. Ich bin Ausbilder, ich habe meine Einsätze hinter mir. Falls die Streitkräfte euch ganz lieb durchwinken, denk an mich. War ein zähes

Ringen«, fügt er bescheiden hinzu. »Außerdem habe ich Kinder. Mit einer Frau, die mich nicht ganz so nervtötend findet wie der Rest der Welt. Nein, ich habe meine Kämpfe hier zu kämpfen.«

»Ich verstehe. Wann werde ich transferiert?«

Der Veteran betrachtet scharf die altmodische Uhr an der Wand und rechnet.

Ziemlich lange, denkt When, *für einen ehemaligen Soldaten.*

Dann nickt er zufrieden. »Das liegt ganz bei dir. Jetzt sofort oder in einer Stunde, wenn du dich erst verabschieden willst.« Er grinst schelmisch. »Aber ihr Wächter haftet ja so selten an Dingen, habe ich gehört.«

»Das stimmt. Eine Stunde wäre dennoch ... angenehm.«

»Abgemacht. Ich bereite alles vor. Quasimodo ist verständigt und der Segler erwartet dich bereits am ABF. Dort triffst du auch dein Team.«

»Mein Team?«

»Bruder ...« Er schaut When mitleidig an. Wie ein Vater, der gerade die Wunde seines Sohnes versorgt. »Denkst du wirklich, wir würden dich alleine gehen lassen? Dann bist du arroganter, als ich dachte.« Er lächelt.

When verneigt sich, dann geben sich beide Männer die Hände.

»Meister, bitte sag jetzt nicht, genau *dafür* wäre ich ausgebildet worden.«

»Nein, keine Sorge. Dafür, mein lieber Junge,
ist noch niemand ausgebildet worden.«

U29

Er wirft einen Blick zurück. Das Fürstenrieder Schloss. Wahrscheinlich das unauffälligste in der Geschichte Bayerns, zwischen der A 45 Richtung Garmisch und dem Waldfriedhof, auf dem in jener Nacht als Erstes alle Kerzen begonnen hatten zu brennen.

Sorgsam richtet When seine Uniform und atmet die frische Morgenluft ein. Im Vorbeigehen grüßt er den Straßenfeger, von dem er weiß, dass er nicht einmal für die Stadt arbeitet, weshalb When seinen Arbeitseifer umso mehr bewundert. Dann geht er in Richtung Schweizer Platz und betritt den Untergrundbahnhof der U-Bahnlinie 3.

Orange, denkt er lächelnd. *Wenn das nicht Schicksal ist.*

*

Sechs Uhr morgens.

Die Sache mit dem Loslassen von Anhaftungen hat doch etwas länger gedauert. Der Wagen ist fast leer, nur eine ältere Dame sitzt dort wie er im

Schneidersitz – die Sitze unterstützen mittlerweile diese Sitzhaltung. Eine Schwester vom Orden der Hand schenkt ihm höflich einen Wai.

Die U-Bahnen sind lautlos geworden, die U-Bahn-Fahrer freundliche Roboter. Nur für Touristen hat man einigen einen grantigen Modus einprogrammiert, der alten Zeiten willen. Dafür sind sie polyglott und er muss über die Art lächeln, wie Forstenrieder Allee auf Chinesisch klingt. Und auf Hindi.

*

Brudermühlstraße.

Eine Gruppe älterer Damen und Herren betritt die Bahn. Anscheinend regionale Touristen zu Gast in der Hauptstadt. Schwerer bayrischer Akzent, Tegernsee Region, schätzt er. Höflich steht er auf und bietet einer Dame seinen Platz an, die mit ihren bestimmt hundert Jahren so zart und zerbrechlich aussieht, dass ein Windhauch sie wegwehen könnte.

»Junger Mo«, sagt die Dame und blickt ihn aus Augen an, die ein Drahtseil durchschneiden könnten. »Seh I so aus, als wüaad I mi setzen wollen?«

»Natürlich nicht«, sagt When entschuldigend und setzt sich unter dem Gelächter ihrer Freundinnen zurück auf seinen Platz.

»So is recht. Immer schön Energie sparen, ihr habt ja ned so viel, ihr junge Leit!« Dann schenkt sie ihm einen versteckten dankbaren Blick. Dafür, dass er wusste, wie sie reagieren würde, und trotzdem aufgestanden ist.

Höflichkeit kann manchmal kompliziert sein, denkt er, während er die Schönheit dieser alten Menschen bewundert.

*

Implerstraße, und When steigt in die U29 ein. Er ist unter der Erde und ein Teil von ihm findet das beklemmend, immer noch. Und trotzdem kann er die Kraft fühlen, die über ihm vibriert. Auf der Theresienwiese, der neuen Heimat seines Ordens. Die Heimat seiner Brüder und Schwestern.

Er erinnert sich an die frühen Dreißiger. Waren es ihre Schwingungen gewesen, die die Luft mit Mitgefühl vibrieren ließen und den Boden mit Weisheit tränkten, so stark, dass es ohne Gleichen war in der Geschichte der Menschheit? Oder war es die Seele dieses Fleckchens Erde, der Zauber der Berge? Oder am Ende der bis dahin verborgene tiefe Seelengrund der Bayern? Viel wurde gerätselt auf der Welt, nur in Bayern selbst nicht.

Viele Politiker und Wirtschaftsgrößen legten

in der Zeit des Umbruchs freiwillig ihr Amt nieder, gingen in die Einsamkeit oder schlossen sich seinem Orden an. Neue Institutionen wie der Rat der Weisen wurden gegründet, das Forschungszentrum für Friedvolle Technologie entstand. Und das Land erhielt einen neuen Namen: Awaria.

*

Neue Gesetze wurden geschaffen, für den Frieden.

Das Seltsame aber war, dass sich das gemeinsame Leben fast gänzlich ohne Regeln entwickelte. So stark war der Traum gewesen, so groß ihr Opfer, so tief die Weisheit, die jedem Menschen in dieser Nacht geschenkt worden war, dass die Menschen begriffen, wie kostbar jeder Augenblick ist. Dass unser Universum auf dem Spiel steht, wann immer man jemandem die Tür vor der Nase zuschlägt. Oder sie hilfsbereit aufhält.

Er betrat erst später die Bühne, als vieles schon errichtet, eingerichtet, etabliert war. Als er endlich begriffen hatte, dass es seine Schwester gewesen war, die den Planeten aus den Klauen des Todes gerissen hatte. Im letzten Moment wurde ihm sein Schicksal so schnell klar, dass er floh, um niemals gefunden zu werden.

Aber dann kamen die Bitten. Das restliche Deutschland zerfiel zu dieser Zeit, die Welt stand in Flammen und der junge Freistaat kämpfte um seine Anerkennung, um sein Überleben. Die neu entstandene Akademie mit all ihren fähigen Lehrern aus allen Bereichen der Andacht und Meditation, mit all ihren hehren Zielen, brauchte Schüler, die den Geist meistern würden. Sie sollten beweisen, dass der Frieden mächtiger ist als alle Waffen und aller Zorn. Also wurde er, der Bruder der heiligen Melianne, einer von ihnen.

*

Die U29 – pink wie sein erstes Meditationskissen und erst vor einigen Jahren fertiggestellt – wird voller.

Die Lichter sind an, hauptsächlich für die Menschen, die nicht in München wohnen. Schulklassen mischen sich jetzt unter die Freunde, die ihrer Arbeit nachgehen, und die Mitglieder seines Ordens, die den verschiedenen Gebäuden der Entschweren Akademie zustreben. *Alle lachen*, bemerkt er lächelnd, *selbst die Buchhalter.* Und das, obwohl sie jeden Tag den Wert des Geldes vieler Personen neu berechnen und überprüfen müssen, seitdem das umlaufgesicherte Geldsystem eingeführt wurde.

Auch die Schüler lächeln, wahrscheinlich seit

die Exen abgeschafft wurden und Lehrer die best-
mögliche Meditationsausbildung bekommen.
Seine Schwestern und Brüder lächeln ohnehin, was Awaria oftmals den Namen »Land des
dümmlichen Grinsens« eingebracht hat, natürlich von Menschen, denen ihr Lachen abhanden-
gekommen ist.

*

Goetheplatz.

Die Literatur von dem alten Mann fand When
faszinierend, zumindest ab dem Zeitpunkt, als er
zum Lesen gezwungen wurde. Manchmal übertrieben wie alle Romantiker, hatte er gedacht, wie
auch Goethe später höchstselbst.

Dann hatte sich Goethe mit achtzig verliebt
und When selbst zum ersten Mal; da kamen ihm
die Leiden des jungen Werther doch nicht mehr
so abwegig vor.

*Schade, dass sie niemals das Geschenk der Me-
ditation genießen konnten,* denkt er und nimmt
sich einen Moment voller Mitgefühl für alle jene
Menschen.

Dann stehen plötzlich ein kleiner Junge und
ein kleines Mädchen vor ihm und starren ihn an.

»Du bist When, nicht wahr?«, fragt das Mädchen mit heller Stimme.

Esperantoplatz. Dann der Hauptbahnhof. Eine

Stadt an sich, unterirdisch, jetzt voll mit kleinen Bibliotheken, Meditationsräumen, Archiven und Bekleidungsgeschäften für jene, die noch Wert darauf legen. Und natürlich gibt es überall die allgegenwärtigen Bäckereien mit ihren landesweit bekannten Baguettes und Sandwiches, alles in neun verschiedenen Ausführungen.

»Das ist wahr«, sagt When zu leise, was verdächtig ist, wie er findet.

Die Menschen rechts und links von ihm schauen ihn an, lächeln aber nur milde.

»Und eure Namen sind?«, fragt er und senkt respektvoll seinen Kopf zum Gruß.

Die restliche Kindergruppe, anscheinend auf Ausflug, hat Platz genommen. Einige scheinen zu meditieren oder zu schlafen, was er beides schön findet. Die zwei Betreuerinnen – Schwestern aus dem Bereich der Erziehung – schauen ihn ein wenig besorgt an, aber er lächelt beschwichtigend zurück.

»Ich bin Pleni und das ist Floryan«, sagt das Mädchen, bevor der Junge antworten kann.

»Sehr erfreut, Pleni und Floryan.«

»Deine Schwester war so schön«, sagt das Mädchen plötzlich, schüchterner dieses Mal.

Floryan nickt nur gedankenversunken.

»Ich habe ein Bild von ihr.« Sie öffnet ein unscheinbares Medaillon, das an ihrer Halskette befestigt ist, und reicht es ihm.

»Das war sie«, sagt When, während er schweigend das Bild seiner Schwester anschaut. Ein Original, bemerkt er, eines der wenigen. Keine übertriebene Kopie, wie sie nach dem Umbruch in Umlauf kamen.

»Vermisst du sie?«, fragt der Junge ganz sanft und erntet einen bösen Blick von Pleni, die diese Frage plötzlich wohl zu privat findet.

When lächelt. »Ja und nein.« *Keine Vorträge jetzt*, ermahnt er sich. *Nur die Wahrheit.* »Manchmal wenn ich traurig bin, wünsche ich sie mir zurück, um mit ihr zu sprechen. Dann finde ich Ruhe und erinnere mich an sie. Und verstehe, dass sie nie wirklich fortgegangen ist«, sagt er mehr zu sich selbst und wundert sich darüber, wie wahr das ist. Oder wie wahr er das empfindet.

Langsam sammeln sich mehr und mehr Kinder um ihn, und auch die Erwachsenen haben begonnen, ihre KBs abzuschalten und zuzuhören. Noch einmal blickt eine der Schwestern zu ihm, fragt ihn mit ihren Augen, ob sie einschreiten soll.

Nein, denkt When. *Wir können uns unsere Rolle nicht aussuchen*, hat sein Ausbilder immer gesagt. *Aber wir können das Beste daraus machen.*

»Du hast einen silbernen Stern, nicht wahr?«, fragt er Pleni und zeigt auf einen Anstecker an ihrem Kragen.

»Ja«, sagt sie stolz. »Ich kann eine halbe Stunde meditieren.«

»Das ist wirklich sehr gut«, entgegnet When anerkennend. »Das konnte ich noch lange nicht in deinem Alter.« Was stimmt, trotzdem lächelt er in sich hinein, als er bemerkt, dass sie ihm sofort glaubt.

»Floryan kann das auch nicht«, sagt sie fast mit Bedauern. »Er denkt ja auch immer nur ans Spielen.«

When lächelt erst Pleni an, dann den Jungen. »Jeder hat sein eigenes Tempo. Und meditieren kann man auch beim Spielen«, sagt er lächelnd.

Dann faltet er seine Beine zu einem halben Lotus. Seine Brüder und Schwestern um ihn herum nicken und tun es ihm gleich. Einige aus dem Stand und so schnell, dass ihm beim Zuschauen schon fast die Knie beginnen zu schmerzen.

»Würdet ihr mir die Ehre erweisen?«, fragt er in den Wagen hinein und die Erzieherinnen nicken ihm kurz zu.

»Kinder, Kommando Breze.«

Und wie eine sanfte Welle gleitet jedes Kind in die Meditationshaltung, einige in den Schneidersitz, einige in die Kriegerhaltung, andere gleiten mit der Hand über ihr Gesicht, eine Schülerin hat einen Rosenkranz in der Hand.

Fast synchron schließen sie die Augen gemeinsam mit When. Und beginnen zu atmen.

*

Haltestelle Pinakotheken. Respektvoll verabschieden sich die Kinder von ihm.

Pleni wollte ihm ihren Stern geben, als Geschenk, und er kann sich nicht mehr daran erinnern, wann er das letzte Mal so rot geworden ist.

Verwundert hatte sie geschaut, und When wurde bewusst, dass sein heiliges Andenken bereits am bröckeln war.

Das ist in Ordnung. Sobald man sich auf ein Podest stellt, hat man schon den Kontakt zum Boden verloren.

Floryan hatte sie dann mit sich gezogen, und weitere unangenehme Fragen verhindert, und When hatte ihm dankbar zugelächelt. Auch die beiden Schwestern lächelten ihn freudig an, bevor sie mit ihren Schützlingen ausgestiegen waren, um die Museen zu bewundern.

Wie anders doch die Menschen geworden sind, überlegt er, während die U-Bahn am Elisabethplatz hält. Früher konnte man kein Kind an den Süßigkeiten der Supermarktkasse vorbeischleusen, ohne dass Geschrei ausbrach.

Ich weiß es …ich war eines von diesen Kindern.

Und die Fähigkeit, sich von einem Bildschirm zu lösen, wurde Ende der Zwanziger so gering, das Studien ernsthafte Aufmerksamkeitsdefizite belegen konnten. Als wären der sprunghafte Anstieg von von Smartphonebenutzern verursachten Unfällen und die anwachsende Verrohung nicht schon deutlich genug gewesen.

Und wieder schuldig, denkt er und erinnert sich an seine Zeit als Waise, als Zocker, als Dieb, als Flüchtling.

Was wäre aus uns geworden, Schwester, wenn du nicht gewesen wärst?

*

Münchner Freiheit.

Viele der Namen sind geblieben, weil man die stolze Vergangenheit Münchens nicht antasten wollte, weil man nicht die Fehler der Geschichte wiederholt hat, und auslöschen wollte, was zu ihrer Geschichte, ihrer Seele gehört.

Und doch, so viel ist anders geworden, denkt er, während die U29 die Dietlindenstraße passiert, dann die Alte Heide. *Und so vieles schlechter, glaubt man der Opposition.*

Stimmt das?, fragt er sich still. Muss man in dieser Welt stark sein, um bestehen zu können? Müssen die Starken intelligent und die Intelligenten stark werden, so wie es Kästner gefordert hat?

Ja, entschied sich auch der Rat, als er unpopuläre Entscheidungen traf. Wie die Entwicklung Quasimodos, die Erlaubnis für genmanipuliertes Getreide oder die Errichtung des Ordens der Hand.

Ist es überhaupt möglich, in dieser Welt den Frieden zu finden und trotzdem stark genug zu sein? Die Balance zu finden zwischen Mitgefühl und Kälte?

When denkt an die Menschen, an die Schulklasse eben, an seine Freunde.

An Melianne.

Langsam kommt die Endhaltestelle in Sicht. Die Arena, Treffpunkt der größten Meditationsvereinigungen weltweit, und nebenan das neue Forschungszentrum, Ursprung von einigen der größten Erfindungen, die die Welt je gesehen hat.

Die Wissenschaftler haben ihre Aufgabe gelöst, denkt er, *und tun es jeden Tag.*

Wir Wächter müssen jetzt unsere Aufgabe erfüllen.

Du hast uns bewiesen, Schwester, dass Liebe stärker ist als alle Zerstörungswut der Welt. Ich werde dich nicht enttäuschen.

*

Grüne Wiesen

Wie still die Flughäfen geworden sind, denkt When, wirft sich seine Tasche über die Schulter und nimmt einen tiefen Atemzug.

Das Technologiezentrum war atemberaubend wie immer gewesen. Eine Armee von Menschen in weißen Kitteln, bestimmt genauso höflich wie jeder in diesem Land, aber leider einfach *zu* beschäftigt, zu gedankenversunken, als dass Zeit für Höflichkeit wäre. Aufmerksam musterten sie ihn, eher als Forschungsobjekt, das sie gerne studieren und unter ein Mikroskop legen würden.

Die Leiterin hatte ihn zu einem Essen eingeladen, dass er dankend ablehnen musste, hatte die Zeit doch gedrängt.

»Sehr schade«, hatte die Dame bescheiden gesagt, als wäre er es nicht, oder irgendein Mensch auf dieser Welt, der bedauern müsste, nicht an einem Tisch mit Ricarda Heul-Fraunhofer zu sitzen.

Wir sind nicht von dieser Welt, haben seine Meister immer gesagt. *Aber wir leben in ihr. Und wir müssen alles aufbieten, was der Verstand zu geben hat, um eine Chance zu haben. Wenn die Akademie das Herz von Awaria ist, dann ist das Technologiezentrum der Kopf. Wenn er allein uns steuert, wird das Leben hohl und trostlos. Wenn wir aber unseren Kopf nicht haben, bekommen wir vielleicht niemals die Chance, unser Herz zu entfalten.*

Ja, denkt When, und erinnert sich an die leuchtenden, intelligenten Augen dieser Dame. Sie ist die Erfinderin des EMP-Feldes, Entwicklerin der KBs, des Supersaatgutes. Sie und ihr Team sind dafür verantwortlich, dass Awaria den Umbruch überlebt hat.

Gedankenverloren steigt er in einen kleinen Shuttlebus – natürlich mit innovativer Wasserstofftechnik – , der ihn bis zum Flughafen bringen soll.

*

Wie rein die Luft hier ist.

Fast schade. Als Kind habe ich den Kerosingeruch gemocht. Und das Aufheulen der Turbinen.

Geflogen ist er nie, aber der Münchner Flughafen hat ihn damals fasziniert. Und gewisse finanzielle Möglichkeiten geboten, wenn man nur schwarz gefahren ist mit der S1 oder der S8. Um Kosten zu sparen.

Er tritt auf die Freifläche, betrachtet das riesige Dach über ihm. Der Tower, der seit der Wende nur noch Segelflugzeuge und Luftschiffe dirigieren muss, ragt wie ein riesiger Wasserspeicher über ihm auf.

Neugierig wie damals schlendert er über den Platz, betrachtet die Menschen so unauffällig wie möglich. Hektik herrscht keine. Selbst bei den Bürgern nicht. Aber die meisten Anwesenden sind ohnehin Schwestern und Brüder aus der Allianz der Stille von überall auf der Welt. Lächelnd, ein wenig erschöpft von der Reise, die mittlerweile doch wieder recht lange und mühselig geworden ist.

Und lohnenswert, würden die Meister jetzt sagen.

Viele grüßen ihn, verneigen sich. Haben sie ihn erkannt? Hoffentlich nicht.

Das Kerosin ist weg, merkt er plötzlich. Verdrängt durch die Freundschaft, die Zuneigung. Was vorher fremd schien, ist endlich zusammengewachsen.

Überall bemerkt er plötzlich Guides aus seinem Orden, kenntlich an der weißen Armbinde, die den Besuchern helfen. Überall ist grün. Meditationsformen mit unterschiedlichen Themen für jene, die ihren Glauben behalten wollen, sind überall zu sehen, und auch Prayer rooms findet man dann und wann.

»Keine Kontrollen mehr. Keine Passkontrollen. Keine Polizisten«, meldet sich sein kleiner Bruder vibrierend. »Wenn das die verkappten Innenminister anno dazumal noch mitbekommen hätten, wäre das ihr Ende gewesen.«

»Du bist heute aber anti eingestellt«, stellt When fest. »Findest du es vielleicht schade, das Parteien nicht mehr existieren? Weil du nicht mehr gegen sie demonstrieren kannst? Zusammen mit deinen anderen Roboterkumpels?«

»Verzeihung. Aber das muss an meiner Programmierung liegen. Und meinem Programmierer. Sie gehörte zu den Menschen der ersten Stunde und war manchmal ein bisschen ... gewöhnungsbedürftig.«

When lächelt. »Und ich dachte schon ein bisschen radikal.«

»Dieses Wort ist viel zu hart. Blut ist schließlich nicht geflossen, oder?«

In seiner Vorstellung kreuzt der KB seine virtuellen Arme vor der Brust.

»Und das Ergebnis kann sich doch sehen lassen.«

When blickt sich um. Schließt für einen Moment die Augen. Und spürt die Wellen. Eine Gruppe Kinder, die in Meditation verharrt. Ein Bruder in einem prachtvollen senegalesischen Kostüm, der zwei Valhallwächtern den Weg zeigt.

»Ja. Ja, das kann es.«

*

Er schreitet langsam weiter.

Fremde Farben und Gerüche wehen ihm in die Nase, konkurrieren mit den Fressbuden, die ihrerseits um die Nasen der potentiellen Kunden kämpfen.

Und dann steht er plötzlich vor der einzigen Flughafenbrauerei der Welt. Sie hat den Kriegsausbruch und die Energiewende unbeschadet überstanden: das Airbräu.

»Lieber Freund, ich bitte Sie. Das ist Vorschrift«, hört er jemanden sagen.

When hat kurz nachgedacht, ob er zur Ortung seinen KB bemüßigen sollte. Das scheint allerdings nicht mehr notwendig zu sein.

»Wie oft soll ich es noch wiederholen, mein lieber Freund? Mein Gerät *hat* diese Funktion gar *nicht*.«

When folgt den Worten und erblickt zwei verzweifelt dreinschauende Bedienungen in hübscher Tracht, die auf einen Kunden einreden.

Edler Anzug, maßgeschneidert, auch wenn das für When kaum vorstellbar ist. Das volle schwarze Haar hat er nach hinten gekämmt, als wolle er gleich die Wehrpflicht abschaffen. Gesunde Hautfarbe und ein versöhnliches Lächeln auf den Lippen, das selbst When fast dazu bringen könnte, dem Mann augenblicklich seine gesamten Besitztümer zu überschreiben, wenn er denn welche hätte.

»Liebe Freunde. Bitte setzt euch, und lasst uns darüber reden.«

*

When verfolgt interessiert das Gespräch. Er bemerkt, wie die Stimmen leiser, fast unhörbar werden. Wie das Lächeln des Mannes im Anzug immer sanfter wird. Wie sich die Gesichtszüge der Kellner immer mehr entspannen, bis nur noch ein Lächeln übrig bleibt.

Und eine weitere Bestellung.

Keine Meditation, aber *der Mann beherrscht die Energien*, wundert sich When und erinnert sich.

*

»Zwei werden dich begleiten. The less, the merrier. In diesem Fall. Der Rest des Hilfstransports ist schon unterwegs.« Der Veteran wendet sich wieder seinem KB zu. »Sie wurden sorgfältig von uns ausgewählt. Es sind die besten in ihrem Feld. So wie du. Öffne die Datei.«

Bilder werden an die Wand projiziert. Ein Mann Anfang vierziger erscheint. Schwarzes Haar, lässiges weißes Hemd, hinter ihm eine Yacht.

»Ja. Er ist kein Bruder von uns. Wenn du dich das fragst.«

When nickt. *Offensichtlich nicht.*

»Sein Name ist Latour. Abschlüsse in Politologie und Diplomatie an diversen Universitäten. Hat nach dem Umbruch für viele Organisationen gearbeitet. Hundertprozentige Erfolgsquote. Kennt Gott und die Welt, arm und reich, und ganz arm und *ganz* reich.« Er macht eine Pause. »Er übernimmt die eigentlichen Verhandlungen. Er kennt unsere Ziele. Mit etwas Glück musst du nicht einmal in die Trickkiste greifen.« Der Veteran lächelt ihn aufmunternd an.

»Das wäre schön«, entgegnet When und meint es fast ehrlich.

»Wie ist die Verbindung zustande gekommen?«

»Na ja, Mundpropaganda. Du weißt ja … Ich kenne da jemanden, der jemanden kennt, dessen Freunde uns vielleicht helfen könnten.« Er hält inne. »Aber deine eigentliche Frage lautet, *warum* hilft er uns?«

»Ja.«When nickt.

»Es gibt mehrere Gründe. Eine alte Schuld, denke ich, ein wenig Profit. Und Abenteuerlust steht wahrscheinlich auch nicht ganz unten auf seiner Liste.« Der Veteran fixiert When. »Wenn du mich nach seiner Loyalität fragst, muss ich passen. Die Welt dort draußen ist chaotisch für mich geworden. Ohne Muster. Und ihre Charaktere ebenso.«

»Wenn der Rat ihm vertraut, werde ich das auch tun.«

»Gut. Außerdem wäre unsere nächste Wahl ein

Außenminister der ehemaligen BRD gewesen, in dem Fall könnten wir gleich selbst den Knopf drücken.«

Beide lachen.

*

Zufrieden greift der Mann nach seinem Glas, dann neigt er sich plötzlich in Richtung When und schaut ihn direkt an. »Kann ich behilflich sein? Äh ...«, er zögert kurz, »Bruder?«

When ist nicht überrascht. Er spürt die Achtsamkeit in dem Mann. Da When allerdings immer noch steht und Maulaffen feilhält, inmitten eines Biergartens, macht es allerdings auch nicht besonders schwer.

»Ja. ich suche nach einem Herrn Latour. Wir haben eine gemeinsame Reise vor uns.«

»Ah, das wäre dann wohl ich.« Er mustert When noch einmal, dann blickt er entschuldigend. »Verzeih bitte. Und nimm Platz. Ich hätte dich schon früher erkennen müssen.« Er erhebt sich kurz und faltet die Hände vor seiner Brust.

Ein perfekter Wai. Er kennt unsere Bräuche, denkt When, und erwidert den Gruß.

»Ich danke euch.«

»Ist mir eine Ehre, dem großen Bruder zu begegnen. Darf ich dir etwas bestellen? Vegetarisch, nehme ich an? Der Obatzda hier ist sehr gut. Und mach dir keine Sorgen, das geht auf mich. Und mit mich meine ich natürlich euren Orden.«

Ohne eine Antwort abzuwarten, ruft er eine seiner neuen Lieblingskellnerinnen an den Tisch, bestellt eine Portion Obatzda und noch ein Bier.

»Ein schönes Plätzchen, nicht wahr? Wer würde denken, dass man einen der schönsten Biergärten Münchens hier in Halbergmoos findet? Noch dazu einen, der Fleisch verkauft?« Sein Blick wandert nach oben, wo einige weiße Segler in den Himmel katapultiert werden.

Whens Blick fällt auf die leeren Weißbiergläser, die schön in einer Reihe vor ihm stehen. »Worum ging es bei diesem kleinen Disput, wenn ich fragen darf?«

Latour winkt ab. »Ach, kein Disput. Eher eine Gelegenheit, Freunde zu schaffen. Meiner bescheidenen Meinung nach ist die Kontrolle, die euer Rat auf Alkoholkonsum gelegt hat, etwas zu ... vertrauenslos. Deshalb habe ich den KB abgelegt.«

»Und damit keine Möglichkeit für ihn, die Chemie zu injizieren, um den Alkohol zu bekämpfen.«

»Ja. Es liegt wenig Sinn darin, wie ich finde, zu trinken, ohne den sanften Worten des Alkohols zu lauschen.«

Die Bestellung kommt. Sorgsam und mit einem Lächeln wird alles aufgetischt, inklusive einer Telefonnummer.

»Und du hast das Problem gelöst?«

»Natürlich. Das war amüsant! Außerdem machen die Damen und Herren ja auch nur ihre Arbeit.« Er lächelt. »Apropos überzeugen. Ich denke, das ist der Grund, warum ich hier bin, nicht wahr?«

When blickt auf seine wundervoll angerichteten Käsekugeln garniert mit Petersilie und gespickt mit drei Salzstangen. Er spricht einen kurzen Dank und beginnt zu essen. Schließlich nickt er. »Unsere Aufgabe ist dir bekannt?«, fragt er den Diplomaten.

»Ich habe die Papiere überflogen«, antwortet der und lächelt nonchalant.

Und habe alles binnen einer Minute auswendig gelernt, will dieses Lächeln sagen, so viel hat When bereits verstanden.

»Ich war erst ein wenig ... überrascht. Ein Belgier, der innerdeutsche Konflikte schlichten soll? Kurios.«

Da bist du nicht der Einzige, Freund, der das kurios findet.

»Aber dann habe ich mich daran erinnert, dass Deutsche und Belgier lange Zeit großartig miteinander ausgekommen sind. Also, bis die Dummheit angefangen hat zu regieren.« Er nimmt einen kleinen Schluck von dem Bier. »Es macht also fast schon Sinn. Außerdem bin ich der Beste.«

Kein Lächeln oder Affektiertheit dieses Mal. *Er ist fest davon überzeugt. Gut. Dieses Selbstvertrauen werden wir brauchen.* When beobachtet ihn genauer. *Aber deine Eitelkeit ist nicht der einzige Grund, warum du diesen Auftrag übernimmst. Das spüre ich.*

»Was ist mit dir, Bruder? Was hast du verbrochen, um auf die Welt hinter dem Schirm losgelassen zu werden?«

When lächelt. An diese Art Metaphern wird er sich wohl gewöhnen müssen. »Awarianer, schätze ich. Mehr nicht«, spielt er mit und bekommt ein anerkennendes Lächeln von seinem Gegenüber. *Nicht, dass ich es mir hätte aussuchen können.*

»Ja. Hat manchmal Vor- und manchmal Nachteile. Ich kenne das.« Und für einen kurzen Moment wird er nachdenklich, dann bestellt er die Rechnung und gibt ein riesiges Trinkgeld. »Wann geht unser Flieger? Nicht, dass ich mich auf einen Flug in einer besseren Seifenkiste freue, aber für den Frieden muss man wohl Abstriche machen.«

»Dem ist wohl so.«

»Aber wenn keine Getränke gereicht werden, bin ich raus.«

When lächelt, beendet seine Mahlzeit und aktiviert den Kleinen Bruder. »Der Segler ist bereit. Anscheinend hat unser Start Priorität. Eine Abordnung aus Tibet muss wohl im Moment zeigen, ob ihre Meditation etwas taugt. Wir sollten ihre Ruhe nicht zu arg strapazieren.«

Der Diplomat lächelt abenteuerlustig. »Sollten wir nicht.« Er greift nach einer kleine Aktentasche und steht auf. »Gibt es nicht noch einen dritten Teilnehmer? Irgendeinen von eurer Prügeltruppe?«

*

When erhebt sich, und denkt zurück.»Was ist mit dem dritten Teilnehmer?«Der Veteran schmunzelte.

»Aber, aber, mein Freund. Wo ist deine Freude für das Unbekannte geblieben? Lass dich überraschen.« Er legte ihm väterlich die Hand auf die Schulter. »Glaub mir. Du wirst nicht enttäuscht werden.«

When kehrt wieder in das Jetzt zurück. »Ja. Aber so, wie ich ihn kenne, wartet er bereits auf dem Rollfeld.

Er. Oder sie.

*

Überall sieht man noch den Asphalt der verblichenen Landebahnen, meint man die Vertiefungen zu spüren, die Hunderte von A380 hinterlassen haben.

Nachdenklich schaut When über die Grünfläche, während sie von einem Bruder zu ihrem Flugzeug gebracht werden.

Nur wenige Positionslichter blinken, da das Nachtflugverbot ausgeweitet wurde. Stationäre Winden warten, um Segler in die Höhe zu befördern. Luftfrachtschiffe, die wie zahme Wölkchen in Richtung Horizont wandern. Und ab und zu ein schneeweißes Segelflugzeug oder ein Liliumjet.

»Was hier fehlt, sind nur noch grasende Kühe«, sagt der Diplomat schmunzelnd. »Ich weiß nicht, wie euer Staat überlebt, aber es ... hat was.« Er lächelt. »Etwas von einem Buch natürlich. Einem sehr, sehr seltsamen Buch. Aber es hat was.«

Sorgsam vermeidet der Bruder die Einflugschneisen. Sollte doch einmal ein Flieger pro Stunde hier landen, denkt sich Latour.

»Bruder, was ist, wenn sich doch einmal eine Kerosinschleuder verirrt und hier notlanden muss? Ihr fangt fünfhundert Tonnen wohl kaum mit sanften Worten ab.«

»Sehr unwahrscheinlich, Freund. Quasimodo würde das nicht gestatten. Leider.« When schaut bedauernd. »Aber unsere Freunde von der Allianz haben einen kleinen Flughafen in Memmingen mit der Erlaubnis des Rates. Da die meisten Flieger nach dem Zusammenbruch der Technik noch etwa einhundertsiebzig Kilometer segeln können, wäre das eine Option.«

»Ich verstehe.« Der Diplomat rückt seinen Anzug zurecht. Schweiß steht ihm auf der Stirn und sein Atem geht schneller.

Habe ich körperlich so abgebaut, fragt er sich? Oder haben diese Brüder einfach nur ein irres Tempo drauf, sobald sie sich bewegen? Und dabei immer lächeln?

»Dort ist euer Flugzeug.«

Stromlinienförmig, der Schriftzug *Neinhorn* wurde in blauen Buchstaben auf den Rumpf gemalt. Zwei Gestalten stehen hinter dem Segler, eine davon kommt Latour irgendwie ... verstörend vor.

Das sieht definitiv nicht *nach gescheitem Bordservice aus,* mosert Latour innerlich, während er sich lässige Sportklamotten herbeiwünscht, und sich dann die letzten fünfhundert Meter durchbeißt.

»Ich wünsche euch eine sichere Reise, mein Freund«, sagt der Bruder und verneigt sich vor Latour.

Er weiß nichts von unserem Auftrag. Das spüre ich. Geheimhaltung können sie also in diese seltsamen Land.

Dann wendet er sich an When. »Gehe in Frieden, Bruder.«

»Gehe in Frieden«, antwortet When und verneigt sich tief.

Latour schaut kurz dem jungen Bruder hinterher, der wieder seinen halb gehenden, halb laufenden Gang angenommen hat und freundlich eine Gruppe Gelugpas grüßt, die sich mit ihren alten Knochen aus einem der Segler winden. Latour wendet sich ab und schlägt When, dessen Augen bereits nach vorne gerichtet sind, aufmunternd auf die Schulter.

»Okay, wo kann ich denn jetzt hier mein Gepäck aufgeben? Aha, und da ist ja der Pilot. Und anscheinend auch Kopilot.« Freundlich nickt er einem Mann in Uniform zu.

Na ja, Mann wäre etwas übertrieben, eher ein Junge, der aussieht wie sechzehn. Aber irgendwas muss er drauf haben, zumindest hängt er das Schleppseil gekonnt ein, so weit Latour das erkennen kann.

»Und hier haben wird dann also unsere Stewardess.«

Die zweite Person. Eine Frau. Freundlich lächelnd, eine Hand ausgestreckt, geht er auf sie zu.

Und Whens Herz macht einen Sprung.

Sie ist es, schießt es ihm durch den Kopf. Gleichzeitig fühlt er einen Schlag in die Magengegend.

Stewardess. Gut, dass du nicht weißt, mein weltgewandter Freund, denkt sich When mit einer gewissen heimlichen Genugtuung, *wie tief du gerade in das letzte Licht geblickt hast.*

*

»Sawhadi krap?«, grüßt Latour freundlich, während er sie mustert.

Dunkelbraune Haut, große leuchtende Augen, die irgendetwas hinter seinem Schädel zu fixieren scheinen.

Na ja, den richtigen Kontinent hattest du wenigstens, denkt When, während er sich über die Ungenauigkeit des Diplomaten wundert.

Sie hält kurz vor Latour inne, und When fragt sich, ob sie ihm die ausgestreckte Hand direkt abreißen wird, um ihn damit zu verprügeln.

Aber sie lächelt nur – das heißt, ihre Lippen kräuseln sich im entferntesten Anflug eines Lächelns. Dann umfasst sie die angebotene Hand. »Es ist mir eine Freude, Freund.« Und die Worte gehen nicht einmal in Schmerzensschreien unter.

Sie muss ruhiger geworden sein. Welche Ironie, im Kurs hat sie das nie geschafft.

Dann gleitet sie an dem Diplomaten vorbei, ein Jaguar, dessen Bewegungen keine Spuren hinterlassen, nicht einmal einen Lufthauch.

Und plötzlich steht sie vor ihm. »Bruder. Es ist mir eine Freude, dich wiederzusehen.«

Sie schenkt ihm einen tiefen Wai. Aber er ist zu abgelenkt, kann sich gerade noch beherrschen, um nicht in Abwehrposition zu gehen. Um nicht die allerschlimmsten Treffer kassieren zu müssen.

»Schwester«, sagt er gerade noch rechtzeitig, ohne unhöflich zu wirken. »Mir ebenfalls. Es ist lange her.«

Sie lächelt und endlich kann er sich ein wenig entspannen.

Der Geruch des Trainingsraumes, von Schweiß und Tränen und dem gelegentlichen Blutstropfen verlässt ihn.

»Ja. Du musst den letzten Test mit Auszeichnung bestanden haben, sonst wärst du nicht hier.«

Er lächelt zurückhaltend. »Sie haben mich bestehen lassen. Es war knapp, schätze ich.«

»Wie wundervoll bescheiden. Dann war der Marienplatz also auch Glück? Wie schön, wenn das Glück so auf unserer Seite ist.«

»Ja. Aber eine deiner Einheiten hatte schon gute Vorarbeit geleistet, habe ich vernommen. Wahrscheinlich waren die Menschen dort schon so verängstigt, dass ich nur noch das Ventil aufdrehen musste.«

»Ja, meine Einheit«, lächelt sie entschuldigend.

»Wir können schon manchmal ein wenig über die Stränge schlagen.«

Du warst alleine, schießt es ihm durch den Kopf. *Dein Orden schickt niemals mehr als zwei aus – und das auch nur, wenn ein Krieg ansteht.*

Im Hintergrund bemerkt er den Diplomaten, der das erste Mal, seit When ihn getroffen hat, ein wenig Fehl am Platze aussieht.

»Verzeiht, Freund, wie unhöflich von mir.« When tritt zwischen seine beiden neuen Teamkollegen. »Latour, darf ich dir Sras Chann vorstellen. Kampfmeisterin unseres Ordens. Sie begleitet uns. Zu unserem Schutz.«

Latour lächelt der zarten Gestalt vor ihm zu, und When weiß ganz genau, was in ihm vorgeht. Fast erwartet er, dass der Diplomat ihr die Tür des Seglers aufhalten möchte, wenn der eine hätte.

»Sehr erfreut.«

»Chann, das ist Eric Latour. Er wird die Verhandlungen führen.«

Sie nickt ihm respektvoll zu. »Suasdey, bong bro« antwortet sie.

When muss in sich hinein lächeln. *Erwischt,* denkt er. Allerdings zu früh.

»Chamreap suah, ong srey«, antwortet der Diplomat in astreinem Khmer. Dann zeigt er in Richtung Segler, in dem der Pilot bereits den letzten Instrumentencheck macht und dabei verstörende Wörter wie Flautenschieber benutzt. »Wir sollten uns auf den Weg machen. Die Welt rettet sich schließlich nicht von allein.«

*

Ein Ruck geht durch die, wie könnte man es nennen ... Maschine?, überlegt When. Er hat in dem engen Rumpf neben Latour Platz genommen. Vor ihm sitzt Sras.

Dann zieht die Winde langsam an und der Segler beginnt, unsanft über das Gras zu rollen.

»Das war ein Test, nicht wahr?«, fragt When den Diplomaten und wundert sich im gleichen Moment darüber, dass er noch verschwiegen flüstern kann nach all den Jahren grenzenloser Offenheit. »Du wusstest sofort, dass sie Khmer ist und nicht Thai. Das war eine Provokation, oder?«

»Ja.« Er schaut ihn ernst an. »Wir sind ja nicht gerade viele. Ich muss mich darauf verlassen können, dass alle einen kühlen Kopf bewahren.. vor allem in Feindesland. Schließlich sind wir da, um Frieden zu schließen.«

Er lächelt und blickt hinaus.

Der Segler wird schneller, dann fühlt sich plötzlich alles leichter an, als der Pilot den Winkel der Tragflächen ändert.

»Außerdem kann sie nicht *alle* verprügeln.«

Der Diplomat mustert sie. *Sollte sie keine Waffen dabeihaben? Zumindest irgendeinen … Stock?*

Sie dreht sich in diesem Moment um, was bestimmt Zufall ist, lächelt und schaut dann auf When, der seine Augen geschlossen hat.

»Alles in Ordnung mit dir, Bruder?«

»Mir fällt gerade ein, dass ich noch nie geflogen bin«, flüstert When, während der Segler sanft den Bodenkontakt verliert.

Stille. Wie in einem Tank. Ein Fließen. Er atmet tief durch. *Der unendliche Raum. Und ich bin wie ein Blatt im Wind.*

Und als er die Auge aufschlägt, schaut er in den blauen Himmel hinein. »Alles in Ordnung, Schwester. Es ist wundervoll.«

Sie lächelt, nickt ihm verständnisvoll zu und blickt wieder nach vorne.

»Höhe dreihundertfünfzig Meter. Ausklinken des Schleppseil, jetzt«, sagt der Pilot und blickt sich freudestrahlend in der kleinen Kabine um. »Wir erreichen unsere Reisehöhe in einigen Minuten. Es scheint, als sei das Wetter auf unserer Seite. Blauer Himmel bis zum Zielort.«

Auf einmal geht es ein wenig abwärts, vielleicht nicht einmal zehn Meter, als ein Abwind, vermutet When zwischen zwei Herzschlägen, oder ein Loch in der Thermik die Maschine trifft und er merkt, dass er noch nicht so ganz im Fluss ist.

»Keine Sorge. Das sind nur die Isar und die Würm. Haben beide einen langen Arm.«

Ganz leicht zieht der Pilot an dem Steuerknüppel. Der Segler beruhigt sich und steigt wieder langsam.

Latour schaut hinab. Sieht unendlich lange Felder, die in voller Reife stehen.

Der Morgenthau Plan. Hätte den Alliierten das jemals jemand prophezeit, vor gefühlt unendlich vielen Jahren, sie hätten laut aufgelacht. Wie anders es hier doch aussieht als im Rest der Welt.

»Wir haben unsere Reisehöhe erreicht«, verkündet der Pilot. »Falls noch irgendwelche Recherchen anstehen, solltet ihr jetzt eure Kleinen Brüder noch einmal anheizen.«

Sehr blumige Sprache, denkt When. *Muss vom täglichen Adrenalin kommen.*

»In einigen Minuten treffen wir auf Quasimodo. Dann ist alles, was nicht ausgeschaltet ist und einen Schaltkreis besitzt, wertlos.«

Quasimodo

»Es ist so weit. Einhundertachtzig Sekunden bis zum Treffen auf den Schirm.« Schnell und präzise stellt der Pilot alle elektronischen Gegenstände ab, auch wenn es nicht viele sind.

Sras hat nur kurz die Augen geöffnet, dann wieder geschlossen. Erst jetzt fällt Latour auf, dass sie keinen KB besitzt.

Wahrscheinlich nur eine Behinderung im Kampf, denkt er; schaltet seine Hologrammdokumente aus, dann den Computer.

»Kleiner Bruder, du bekommst jetzt eine kleine Auszeit. Wir nähern uns dem Grenzbereich von Awaria«, flüstert When dem Roboter zu. »Du weißt, was das bedeutet.«

Unter ihnen fliegen die letzten Ausläufer des Frankenlandes dahin, etwas weiter vor ihnen ist Aschaffenburg zu sehen.

»Ach bitte, Meister.« Der KB ist schon wieder viel zu emotional eingestellt, merkt When. »Lass mich an. Ich schaff das schon. Wird bestimmt ein heißer Ritt.«

»Ja. Ein *sehr* heißer.« When lächelt und betätigt den Ausschalter.

Quasimodo. Er weiß nicht, wer sich diesen

Namen ausgedacht hat, es muss aber ein Hugo-Liebhaber gewesen sein, ein Verehrer von *Notre Dame.*

»Der Spitzname geht auf des Buckligen heldenhafte Verteidigung seiner geliebten Kirche zurück. Und die seiner geliebten Esmeralda«, sagt der Pilot, als hätte er Whens Gedanken gelesen.

Gegen einen Gegner, der eigentlich auf seiner Seite war, denkt Latour, der einmal eine Arbeit über Notre Dame de Paris geschrieben hat. Aber er sagt nichts. *Ein Balken gegen eine Armee,* denkt er, *da hinkt dann die Analogie doch ein bisschen.*

»Der eigentliche Name lautet EMP 300X. Erfunden von HF, ist er das erste statische EMP-Feld der Welt«, fährt der Pilot fort.

Das EMP-Feld. *Der magische Schild gegen alles Drachenfeuer,* denk Latour. *Der Unterschied zwischen eurer heilen Welt und der Welt da draußen.*

»Und der funktioniert wie genau? Verzeiht die Frage, aber ich bin neugierig.«

When lächelt leise, der Pilot bricht fast in Gelächter aus und selbst Sras entlockt die Frage ein Schmunzeln.

Aha, denkt der Latour, doch etwas, das Team Orden ein wenig arrogant macht.

»Freund«, entgegnet der Pilot. »Ich kann es dir wirklich nicht sagen. Alles, was ich weiß, sind Gerüchte.«

Und außerdem würdest du eher sterben, als

das bestgehütete Geheimnis der Welt mit anderen zu teilen.

Er schaut When an, aber der lächelt nur entschuldigend.

»Ich weiß nicht einmal, was diese wundervolle Kiste hier in der Luft hält.«

Der Diplomat nickt verständnisvoll. »Und lass mich raten, Meisterin. Du könntest es mir verraten, müsstest mich danach aber töten.«

»Ja, leider.« Sie lächelt entwaffnend.

Er lächelt zurück, dann blickt er hinaus.

»Noch zehn Sekunden«, meldet sich der Pilot. »You are now leaving the Bavarian sector.«

Na, da hat aber jemand aufgepasst im Unterricht, denkt Latour. Suchend blickt er in den Himmel, danach auf den Boden. Aber wie schon auf der Einreise ist dort nichts zu sehen. Nur das dieses *Nichts* eine ganze kleine Nation beschützt.

Plötzlich knackt es kurz in seinem Ohr und sie sind durch.

»Freunde und Brüder«, sagt der Pilot schon fast feierlich. »Herzlich willkommen in der Bundesrepublik Deutschland.« Er macht eine Pause. »Oder was davon übrig ist.«

*

»Was ist das?« When blickt in den Himmel. Und sieht nur Eisen.

Er war noch nie hinter dem Schirm, denkt der Diplomat. *Wie muss das nur auf ihn wirken?*

»Das, Bruder, ist der Rest der Welt«, sagt der Pilot, während er die wenigen Geräte wieder hochfährt.

Eisen in allen Formen, einige von ihnen verdunkeln fast die Sonne, die Vibrationen erfüllen die Luft, lassen selbst seine Eingeweide unmerklich zittern.

»Keine Sorge, Bruder«, sagt der Pilot mit einem verständnisvollen Lächeln. »Wir sind viel zu tief, als dass wir mit dem ganzen Schrott kollidieren könnten. Oder in eine Turbine gesaugt werden.«

Langsam drückt er den Segler nach unten, noch einmal hundert Meter, nur um sicherzugehen. Über ihnen brandet Welle um Welle an Luftfahrzeugen durch den Himmel, wirft Schatten auf den unscheinbaren Segler.

»Aber wie kann das sein?«, fragt When, immer noch fasziniert und erschüttert von dem Schauspiel aus Kerosin und Triebwerken, das sich ihm bietet.

»Dass sie sich nicht gegenseitig vom Himmel holen? Das passiert oft genug«, antwortet der Pilot. »Allerdings gibt es Sensoren, die das meistens verhindern. Einige dieser Maschinen fliegen mittlerweile sogar nur per Funk.«

Sras ist erwacht. Falls man das, was die Mitglieder ihres Ordens so machen, wenn sie die Augen schließen, überhaupt Schlaf nennen kann.

»Was unser Bruder eigentlich meint, ist, denke ich, wie die Welt so weitermachen konnte.« Sie zögert. »Nach all dem, was passiert ist.« Sie schaut nicht zurück, aber When spürt den fragenden Unterton.

Er nickt. »Die Menschen haben doch alle das Gleiche gesehen. Erlebt.«

Das ist nicht wahr und das weißt du. Die Menschen erleben nie *das Gleiche, denn das Gleiche existiert nicht.*

»Wie können sie einfach so weitermachen, als wäre nichts geschehen?«

Plötzlich trifft eine Faust den kleinen Segler von oben, als eine Boeing, so groß wie ein Flugzeugträger, in viel zu geringem Abstand über sie hinwegfliegt.

Der Pilot lässt dann doch einmal seine Ruhe fallen und flucht leise, anscheinend auf Spanisch vor sich hin. Er hat alle Mühe, die Kontrolle zu behalten. Er lässt den Höhenverlust zu und steuert dann wieder vorsichtig dagegen, bis er die Maschine stabilisiert hat. Und When weiß jetzt, wie klein ihr Gefährt wirklich ist.

»Die Globale Nahtoderfahrung«, sagt der Diplomat abwesend, während er einem Streamliner

hinterherblickt, der etwas Exklusives in Richtung
Westen bringt.

*

»Die Menschheit, in all ihrer Pracht. So kurz vor
dem Exodus wie noch nie«, sagt Latour, fast zu
sich selbst.

Der Pilot nickt kaum merklich. Sras schweigt
aufmerksam.

»Ähnlich wie die Nahtoderfahrung eines
einzelnen Menschen, der dem eigenen Ende in
den niemals endenden Abgrund geschaut hat.
Geschichten darüber sind so alt wie die Menschheit selbst. Und selbst wenn wir 99,9 Prozent
als Firlefanz abtun, bleibt 0,1 Prozent unbestreit-
bare Wahrheit.«

Selbst ohne eure übersinnlichen Erfahrungen,
denkt der Diplomat, spricht es aber nicht aus.

»Von Lichtern und helfenden Geistern, Dämo-
nen und so weiter abgesehen, bleibt es immer
ein absolut einschneidendes Erlebnis. Und hat
meistens radikale Änderungen in der Persön-
lichkeit und den Handlungen zur Folge.« Er fixiert einen Punkt am Horizont, vielleicht einen
kleinen Moment ohne stählernen Schatten zwischen Sonne und ihm. »Nur dass dieses Mal
kein Individuum betroffen war.« Er macht eine
Pause.

92

When merkt, das Latour im Vortragsmodus ist. »Sondern neun Milliarden Menschen.«

*

Der Mauerfall. Der elfte September. Menschen erinnern sich daran, wo sie genau zu diesem Zeitpunkt waren.

Wo war er gewesen, fragt er sich, an diesem Weihnachtsabend 2033? An dem Tag, oder besser, der Nacht X, die alles ändern sollte?

»Alle haben in den Abgrund geschaut«, fährt er fort.

Und sieht wieder den Himmel vor sich. Gemeinsam mit seiner Mutter saß er dort, vollgestopft mit Spezereien. Ja, es ist nicht sein Feiertag, aber Weihnachten hat er schon immer gemocht. Die Düfte. Das Essen, die leuchtenden Kinderaugen. Die leuchtenden Sterne. Eine Nacht, in der alles zumindest einmal gut aussieht.

Oder aussah.

Bis ein Stern aus dem Nichts auftauchte. Und dann ein zweiter.

*

Viele dachten am Anfang an Sternschnuppen und freuten sich bei dem Anblick. Skeptischere Menschen hielten es für blecherne Exkremente, die irgendein Idiot mal wieder in den Weltraum geschossen hat.

»Sie alle haben ihr Ende erlebt. Ihr absolut sicheres, simples Ende. Und wie alle Nahtoderfahrung hatte auch diese extreme Veränderungen zur Folge. Den Menschen, den Völkern und Organisationen wurde eine zweite Chance gegeben. Ein Geschenk, so kostbar wie nie zuvor.« Er hält kurz inne. »Und als sie wieder erwachten, begannen sie, es auszupacken.«

*

Ja, Weihnachten. Welches hätte ihr letztes sein sollen. Wäre sie nicht gewesen: ein Mensch, der es mit der ganzen Welt und ihrem Hass aufgenommen hatte.

Latour erinnert sich noch genau an das Ave Maria, das in einigen Gegenden in Österreich nur an Weihnachten gespielt werden darf, weil es so kostbar ist. Leise hat er mitgesungen.

Ein sanftes Lächeln erscheint auf seinem Gesicht, gefolgt von dem Drang, hoffnungslos loszuweinen.

Hätte ich damals gewusst, dass ein einzelnes Mädchen irgendwo in Bayern die Welt vor der Zerstörung rettet, ich glaube, ich hätte lauter gesungen.

*

»Die Reaktionen auf dieses Ereignis hätten unterschiedlicher nicht sein können. Je nach Nation, kulturellem Hintergrund und Charakter trafen die Menschen Entscheidungen.«

»Einige machten so weiter wie bisher. Aber das waren die wenigsten. Die Briten zum Beispiel.«

»Andere entschlossen sich, das Rad der Zeit zurückzudrehen. Das Leben als so kostbar anzusehen, so schützenswert, dass sie radikale Maßnahmen trafen, um diese Welt zu bewahren.« Latour klopft demonstrativ gegen das Holz des Seglers und wirft When einen anerkennenden Blick zu. »Viele buddhistische Länder gehörten dazu. Was merkwürdig anmutet, haben diese doch am ehesten dieser Welt entsagt. Der Freistaat natürlich ebenso. Was weniger merkwürdig ist.«

Sras lächelt, When ebenfalls, aber so ganz kann er den Kummer nicht verbergen.

Er erinnert sich bestimmt an die Zeit des Umbruchs in Bayern, denkt der Diplomat. Er weiß, wie sehr alles auf Messers Schneide stand. Selbst mit Melianne als Galionsfigur, selbst mit den Erfindungen, den neuen Anführern wäre fast alles im Sande verlaufen.

»Der Rest aber«, fährt er fort, »entschied für sich, dass nichts in der Welt Sinn ergibt, dass alles nur ein Ritt in die Hölle ist. Mit dem unvermeidbaren Ende.«

Ja, denkt When. Ihnen wurde das größte Geschenk zuteil: ein Blick in die Leere, von jeher nur den größten Heiligen vorbehalten. Aus gutem Grund.

»Also beschlossen sie, den Ritt zu genießen. Alles zu tun, um sich auf dieser Erde so teuer zu verkaufen wie möglich.«

Demonstrativ blickt Latour nach oben. Auf die Stahlröhren, die Lebensgierige durch die Welt frachten. Langsam senkt sich diese graue Decke gen Boden, im Landeanflug mit ausgefahrenem Triebwerk.

*

Der Diplomat schweigt und lehnt sich zurück.

»Ich verstehe«, sagt When nachdenklich. Und er versteht es wirklich. Er hat die Angst der Menschen gefühlt, *seine* eigene Angst zu der Zeit. Sieht die Ursache und ihre Wirkung.

Keine Zeit mehr zu verlieren. Keine Verantwortung. Nur Freiheit, Hedonismus um jeden Preis.

Genügsamkeit war etwas für Schwächlinge. Er erinnert sich an die Kriege, die Rebellionen. All das, was aufgeschoben worden war, brach in wenigen Tagen heraus.

Er schaut nach draußen. Irgendwo dort hinten liegt seine Welt. Eine Welt der Stille, des Friedens, wenn auch mit kleinen Fehlern.

Und vor ihm? *Was wartet dort auf mich?*, denkt er dunkel. *Dort soll ich Frieden stiften? In diesem Chaos?*

Plötzlich fühlt er sich nichtig. Und verwundbar. Zu klein für diese Aufgabe. Wie dieser Segler: ein kleiner Fisch unter all den riesigen Haien.

Ich bin nicht meine Schwester. Auch wenn alle das gerne hätten. Und ich werde sie auch nie ersetzen können.

Was kann ich alleine gegen eine Welt voll Leidenschaft und Zorn ausrichten, die nichts zu verlieren hat?

Sein Herz schnürt sich zusammen. Plötzlich fühlt er eine Hand, die sich sanft auf seinen Arm legt. When blickt in Sras eisblaue Augen. Er schaut dankbar zurück.

Der Pilot schweigt, aber When fühlt sein überwältigendes Mitgefühl. Selbst der Diplomat lächelt ihn aufmunternd an.

»Meine Wenigkeit hat sich übrigens noch nicht entschieden«, sagt er grinsend, wieder mit der Nonchalance eines Börsenmaklers. »Aber ich glaube, das werde ich bald müssen.«

*

Großfrankfurt

»Bitte anschnallen«, sagt der Pilot, seiner guten Laune wieder habhaft. Als wenn jemand auf die Idee gekommen wäre, sich abzuschnallen.

»Ich hoffe, die Mission ist auch wirklich abgesegnet. Wir nähern uns nun Großfrankfurt. Würde mich wundern, wenn unsere Freunde vom Bankenkonglomerat nicht zumindest mal höflich anfragen, was wir so in ihrem Luftraum verloren haben.«

*

Esteban(irgendwann während des Fluges war dann doch jemand so höflich, Sras war es wahrscheinlich, und hat nach seinem Namen gefragt) schaut abwechselnd auf das antiquierte Funkgerät und in die Ferne.

Eine lange Kette von landenden Flugzeugen ist zu sehen, lässt einen der immer noch größten intakten Flug- und Frachthäfen irgendwo dort erahnen. When weiß nicht, wo er als Erstes hinschauen soll. Alles ist so anders. *Faszinierend oder anders?*, wundert er sich.

Der Boden ist so grau und schwarz, so wenig grün und leuchtend. Riesige Bahnen überziehen die Erde wie Arterien, pumpen die graue Masse über das Land, wenn nicht gerade mal ein Stau entsteht, was so ziemlich überall der Fall ist und den kompletten Organismus lahmlegt. Den Lärm dort unten kann er sich nur denken, aber die ständigen, unruhigen Vibrationen spürt er bis tief in sein Herz.

Alles vibriert unstet und hektisch. Hektische Motoren und Triebwerke, selbst die Gebäude scheinen in Hast errichtet worden zu sein.

Und die Menschen?

Hinter all dem Blech sind sie nur schwer zu sehen, überlegt When. Schon jetzt sehnt er sich nach den täglichen Sit-ins und Riesensatsangs seiner Heimat mit tausenden von Menschen, die man wahrscheinlich sogar aus dem All sehen kann.

Und auf einmal taucht sie auf am Horizont: die Frankfurter Skyline.

When hat davon gehört und es vermessen gehalten, ein paar Gebäude als Himmelslinie zu deklarieren. Aber jetzt, selbst auf die Entfernung, haben sie etwas Majestätisches an sich, das kann er nicht leugnen. Allerdings sind der Alte Peter und die ehemalige BMW-Zentrale auch die höchsten Gebäude, die er bisher gesehen hat.

»Ein bisschen einschüchternd, nicht wahr?«,

sagt der Pilot, während er When amüsiert mustert. »In der Nacht sind sie noch beeindruckender. Wie alte Riesen. Vor allem mit ihren blinkenden blutroten Augen.«

»Was ist ihr Zweck? Außer groß zu sein.« Skeptisch mustert When die Spitze eines Hochhauses und findet, dass es tatsächlich wie ein Bleistift aussieht.

»Vor dem Umsturz waren es Bankensitze. Heute ebenso. Nur das diese Banken jetzt gleichzeitig die Herren der Stadt sind. Also ist dies eine Art Regierungssitz. Ich könnte näher heranfliegen, aber es sind bestimmt schon genügend Fadenkreuze auf uns gerichtet. Die Thermik um dieses Dinger ist auch sehr bescheiden.«

When lächelt dankbar. »Nein, vielen Dank, Bruder. Bleib einfach auf Kurs.«

Esteban nickt und schaut wieder auf seine Instrumente, während When sich zurücklehnt.

Frankfurt. Er will mehr erfahren. Aber Latour schläft, sehr geruhsam, wie When findet, und Sras scheint zumindest zu schlafen, auch wenn er merkt, dass sie irgendwelche Atemübungen macht – bewusst oder unbewusst.

Also aktiviert er seinen KB und stellt ihn auf optischen Modus.

Das Hologramm eines kleinen, kessen Jungen erscheint und fängt überstürzt an, loszuplappern. »Wie war Quasimodo? Und wie fühlt es sich an, einem Roboter die größte Gelegenheit zum Heldentod genommen zu haben?«

When schaltet ihn leiser. Sein KB hat die Erscheinung von Gavroche angenommen, einem anderen Helden von Victor Hugo. *Wie passend*, findet When und entschließt sich, zu Hause mal ein Hörbuch von diesem Franzosen zu hören.

»Fast schon langweilig«, beschwichtigt er den KB. »Und für den Heldentod bist du noch zu jung. Und im falschen Land.« When lächelt. Wer auf die Idee gekommen ist, diesen technischen Wundertüten einen Charakter zu verpassen, hatte wirklich Sinn für Humor.

»Na ja, da ich dann schon einmal da bin, bei Rousseau, wie kann ich dienen?«

»Ich würde gerne mehr über die Stadt Frankfurt erfahren. Und den Großraum Frankfurt«, sagt er dankbar.

»Wir befinden uns nicht zufällig gerade *im* Großraum Frankfurt?«

»Zufällig ja. Deshalb mein Interesse.«

»Verstehe«, nickt der kleine Junge mit dem Hut und holt theatralisch Luft.

When muss lachen. Sollte der Rat sich irgendwann mal wieder mit den Rechten der Künstlichen Intelligenz befassen, würden sie in seinem KB einen hervorragenden Verteidiger finden.

»Also: Die Stadt Frankfurt taucht als Erstes

im Jahr 794 unter Franken Furt auf. Eine Furt, muss man wissen, ist ein flacher Übergang – in diesem Falle über den Main. Und Franken bedeutete Frankenreich.«

»Vielen Dank«, unterbricht When, »aber mit der älteren Geschichte beschäftige ich mich vielleicht später. Ich bin eher an der Zeit nach dem Umbruch interessiert.«

Und wie die Stadt überlebt hat, während so viele andere in Schutt und Asche gelegt wurden, denkt er.

»Ich verstehe. Dann spule ich ein wenig vor.« Der Junge rümpft die Nase. »Keine Zeit mehr für Tiefe, diese Brüder, sobald sie einmal draußen sind.« Das Hologramm deutet auf die Ausläufer der Stadt. »Ich hoffe, das ändert sich wieder, wenn wir zurück in die Heimat kommen.«

Ja, denkt When. *Das hoffe ich auch.*

*

»Das offizielle Gründungsdatum des Großraum Frankfurt liegt nicht genau vor.« Der kleine Gavroche hat jetzt eine Brille auf der Nase und schwenkt seine Arme wie ein Philosophieprofessor aus dem 18. Jahrhundert. »Sicher ist, dass sie es waren, die am schnellsten gehandelt haben. Als wenn der Plan zur Machtübernahme schon längst vorlag und man nur darauf gewartet hat, ihn die Tat umzusetzen.«

Wie unser Orden, überlegt When ein wenig schuldbewusst.

Aber warum sollte er sich schuldig fühlen, wenn der Orden sich nur auf das Unvermeidbare vorbereitet hat und bereit war, als niemand anders bereit war?

»Ja. Aber bitte keine Unterbrechungen mehr.« Das Hologramm rümpft die Nase. Fehlt noch, dass er mit einem holografischen Stock nach ihm schlägt.

»Als Erstes wurden wichtige Knotenpunkte unter Kontrolle gebracht. Eingenommen träfe es besser: der Flughafen, der Hauptbahnhof, der Internet-Knotenpunkt DE-CIX. Virtuell und in der Realität verschwand die Stadt für zwei Tage von der Bildfläche, danach war alles anders.«

When möchte etwas sagen, beherrscht sich aber. *Immer noch besser als ein trockener Enzyklopädie-Eintrag*, denkt er, als würde es gewissenhafte Einträge über diese Zeit geben.

»Die Exekutivkräfte müssen schon seit Wochen auf Abruf gestanden haben. Professionelle Söldner, Sicherheitsfirmen, selbst Teile der Polizei und des Militärs kooperierten, das heißt, sie liefen über. Und zwei Tage später übergab der Bürgermeister im Namen der BRD den Schlüssel der Stadt offiziell an die neuen Herren. Frankfurt wurde nach Jahrhunderten wieder eine souveräne Stadt. Nicht ein Todesopfer gab es zu beklagen, nur einige Verletzte. Ein paar Häuser wurden von einigen Nationalisten beschädigt, aber nichts Weltbewegendes. Da gab es sogar mehr Kollateralschaden, wenn Eintracht Frankfurt mal wieder in die zweite Liga abgestiegen ist.«

»Fußball?«, fragt When.

Das Konzept ist ihm bekannt, wenn auch nur vage.

»Genau. Ich dachte, ich verschönere meinen Vortrag mit ein paar Beispielen«, sagt der Hologavroche eitel, hat plötzlich eine Bratwurst und einen Ebbelwoi, einen heimischer Apfelwein, wie er erklärt, in den Händen.

»Ja, sehr nett. Vielen Dank.«

Er denkt darüber nach, was genau der KB gesagt hat. *Selbst im Freistaat hat es zu Zeiten des Umbruchs mehr Konflikte gegeben*, erinnert When sich.

»Heißt das, die Banken sind diejenigen, die etwas Gutes getan haben?«

Der Vortrag scheint beendet zu sein, und der KB lässt diesen weiteren Einwurf anscheinend gelten. »Offensichtlich. Außer London gab es weltweit keine andere Stadt, für die der Umbruch so harmlos von statten gegangen ist. Man denke nur an Paris, Rom oder Madrid. Und seitdem scheinen die Banken alles im Griff zu haben. Das kann man fast wörtlich nehmen.

Keiner kann es sich mit ihnen verscherzen, auf jeden Fall keiner, der Handel treiben oder sich bewegen will. Keiner, der überleben will. Dafür ist ganz Europa viel zu abhängig von ihnen. Wie wir gerade – ganz nebenbei.«

When nickt.

Irgendein leises Piepen hallt durch die Kabine, aber er beachtet es nicht weiter.

»Und wer hat nun die Macht?«

»Offiziell ein Stadtrat von sechs Personen, alles ehemalige Mitglieder der Großbanken. Sehr mächtige Leute, die Chancen stehen gut, dass sie wirklich die Macht in den Händen halten.«

Das Piepen wird lauter und Esteban scheint ein wenig nervös zu werden.

»Ah. Sie sind da.«

Ohne ein weiteres Wort schaltet When den KB ab und freut sich jetzt schon auf die nächste Standpauke deshalb.

Eine Luftwelle drückt den Segler nach unten, aber Esteban gleicht die Turbulenzen geschickt aus. Sras ist wieder hellwach und stupst Latour unmerklich an. Der Diplomat erwacht.

When blickt nach oben und sieht den Schatten, der sich über ihren Segler legt und wie ein Falke aussieht.

*

»Einen guten Tag und herzlich willkommen im Luftraum der souveränen Stadt Großfrankfurt«, dringt eine Frauenstimme aus dem Lautsprecher.

Irgendwie klingt sie nett, findet When, wie eine liebe Einweiserin an einer U-Bahn-Haltestelle. Allerdings hat eine Einweiserin vielleicht mal ein Fähnchen dabei, aber keinen Kampfjet, der voll beladen ist mit stromlinienförmigen und ovalen Körpern, die entspannt an seinen Tragflächen hängen.

»Vielen Dank für den netten Willkommensgruß.« Latour ist hellwach, hat sich das Mikrofon geschnappt und sein einnehmendstes Lächeln aufgesetzt.

Fast schade, denkt When, *dass die Kampfpilotin es wahrscheinlich nicht sehen kann.*

»Unsere Antennen haben einige Schwierigkeiten damit, Ihren Transpondercode zu empfangen.«

When könnte schwören, dass ein bisschen Spott in ihrer Stimme mitschwingt.

»Deshalb dachten wir, wir schauen mal vorbei und fragen nach der Nummer Ihres ... Flugobjektes und Ihrem Reisezweck.«

When weiß nicht, wen sie mit *wir* meint, aber dieses Mal ist er sich absolut sicher, dass da im anderen Cockpit gerade lautes Gelächter ausbricht.

»Natürlich. Wir sind Flugnummer AW4731

und auf einer humanitären Mission des Freistaates Awaria unterwegs. Wir befinden uns auf dem Durchflug in die Grafschaft Hessen Nassau. Rendezvous mit einem Hilfstransport.«

»Vielen Dank, AW4731. Wir überprüfen das kurz.« Der Funk bricht ab, aber nicht, bevor When irgendwas im Hintergrund hört, was so klingt wie: »Und ab da geht es dann mit der Pferdekutsche weiter(dann wieder besagtes Gelächter).«

Rechts von ihnen, keine zehn Meter entfernt, taucht jetzt ein zweites dieser Stahlungeheuer auf. Statt Raketen hat der sogar Bomben *und* Raketen an seinen Flügeln.

»F-16«, flüstert ihm Latour zu. »Aus den alten Beständen der USA. Nicht ganz up to date, aber immer noch gut genug für jeden herkömmlichen Konflikt.«

When nickt.

»Und die Piloten müssen Fliegerasse sein, wenn sie so langsam fliegen können.«

Und uns mit ihren Abgasstrahlen nicht vom Himmel blasen, denkt er, verschweigt das Offensichtliche aber lieber.

»Flugnummer AW4731. Überprüfung abgeschlossen. Sie haben grünes Licht.«

Esteban atmet auf. Latour schaut so unüberrascht, als hätte er ein Kartenspiel mit vom ihm persönlich gezinkten Karten gewonnen.

»Vielen Dank, Großraum Frankfurt.«

»Wir wünschen Ihnen eine gute Reise und viel Glück. Besuchen Sie mal wieder Frankfurt, wenn Sie in der Nähe sind.«

»Machen wir auf dem Rückweg. Versprochen«, sagt der Diplomat nonchalant.

When wundert sich, dass er sie nicht noch auf einen , wie heißt es, Ebbelwoi und eine Bratwurst am Römer einlädt.

*

Hessen-Nassau

When erwacht, als die Nase des Seglers sich nach unter neigt.

»Wir sind da. Gleich landen wir auf dem Flughafen Breitscheid2«, sagt Esteban. Latour und er haben sich während des Fluges angeregt auf Spanisch miteinander unterhalten.

Der Himmel hat sich mittlerweile verdunkelt. Immer wieder stoßen sie durch Wolken und sehen herzlich wenig. Das scheint aber niemanden zu stören, bemerkt When, am wenigsten den Piloten, der ganz unbrüderlich eine Anekdote nach der anderen von sich gegeben hat und dem Diplomaten ab und an zum Schmunzeln brachte.

When überlegt kurz, den KB einzuschalten, entscheidet sich aber dagegen, als sie durch die Wolkendecke fliegen und eine Landebahn sichtbar wird. Größtenteils besteht sie aus Wiese wie in München.

»Das ist kein kommerzieller Flughafen«, beantwortet Latour seinen fragenden Blick. »Deshalb konnte sich dein Orden auch die Landung hier leisten«, sagt er lächelnd.

Manchmal ist es von Vorteil, so unbedeutend wie ein Grashalm zu sein, überlegt der Diplomat.

Abseits von seiner bewegten Geschichte hat die neue Grafschaft Hessen-Nassau wenig zu bieten. Das Vorhandene ging relativ unscheinbar in den informellen Besitz ihres mächtigen Nachbarn über – gegen dessen Schutz, versteht sich.

*

Schnell kommt der Boden näher, und als sie aufsetzen, verspürt When fast ein bisschen Wehmut, so schön war der Blick aus dem Segler auf die Welt dort unten.

Wir dürfen uns nicht aus den Geschicken der Menschheit heraushalten, erinnert er sich an die Worte seiner Ausbilder. *Wir möchten es gerne, aber die Zeiten, in denen wir als Einsiedler gelebt haben in irgendeiner Höhle oder in einem tiefen Wald, sind vorbei. Wir müssen hinaus in die Welt und unsere erworbenen Fähigkeit auf die Probe stellen.*

»Oh, meine Knochen«, stöhnt der Diplomat. »Zurück geht es mit einem Privatjet. Erster Klasse.« Steif und ungeschickt windet er sich aus der Kabine. Dabei schenkt er dem beleidigt spielenden Esteban einen verzeihenden Blick.

Sras gleitet aus dem Cockpit wie eine Schlange, entspannt, aber mit einem Aktionspotential, das gerne irgendwo ein Ventil finden würde.

Sorgsam schaut Esteban noch einmal in die Kabine, ob auch nichts vergessen wurde, während When aus den Augenwinkeln eine kleine Gruppe – vielleicht eine Delegation, so schick wie sie angezogen sind – im einer Limousine mit offenem Verdeck auf sie zukommen sieht.

Ein E-Auto, wie aufmerksam, findet er, verschleudert doch alles andere nördlich vom Schirm mehr Öl als je zuvor, als wäre Prasserei ein neuer Volkssport.

Dankbar nehmen sie Abschied von Esteban aus Kolumbien, mit einer Schwester in Bukaramanga; einer Mama, die dort auch ein kleines Restaurant besitzt, und so stolz auf ihren Jungen ist, dass er es von der deutschen Schule dort auf die Entschwerungsakademie in München geschafft hat, auch wenn sie nicht versteht, was die Menschen dort lernen, und vor allem nicht, was seine neuen Essgewohnheiten zu bedeuten haben.(Trotzdem versucht sie ihm immer noch, ihre hausgemachten Tamales zu schicken, natürlich ohne Fleisch.)

Besonders Latour schüttelt ihm herzlich die Hand, anscheinend hat Estebans Lebensgeschichte wirklich Eindruck gemacht, denkt When lächelnd.

»Ich wünsche euch eine sichere Reise und viel Erfolg bei dem, was ihr tut. Ich und das Neinhorn müssen leider wieder zurück in die Heimat und können nicht warten. Morgen wird mein Freund zerlegt und mit mir zurückgeschickt.« Er lächelt fast schuldig.

»Kein Problem, Bruder. Wir finden schon einen Weg zurück«, sagt Sras dankbar.

»Schlimmstenfalls mit der Bahn«, entgegnet Latour lächelnd.

»Vielen Dank, Bruder.« When verneigt sich tief. Gehe in Frieden.«

Beide blicken sich lange an, als wäre es das letzte Mal. Eine der ersten Lektionen, erinnert er sich, die man im Orden lernt. Das letzte Mal.

»Kommst du, Freund When?« Sras sitzt bereits in dem nagelneuen Automobil und wird herzlich von einem kleinen dicklichen Mann begrüßt.

Dünne Tropfen beginnen vom Himmel zu fallen, als er im Wagen Platz nimmt und freundlich den Fahrer begrüßt, der kühl nickt, und eine weitere Dame, die sogar einen Strauß echter Blumen bereit hält.

»Herzlich willkommen in der Grafschaft Hessen Nassau. Wir freuen uns, Mitglieder des Freistaates Awaria bei uns beherbergen zu dürfen – auch wenn das Vergnügen nur kurz sein wird.«

Lächelnd sendet sie einen Befehl an ihren KB, und überträgt das Programm für den heutigen Abend und den nächsten Tag.

Bankett mit dem neuen Grafen, irgendeinem ansässigen Wirtschaftsmogul, der in Liebe zu

seiner Lahn-Dill-Heimat das ganze Land ge-
kauft hat, wie Latour When zwischenzeitlich
zuflüstert. Dann Festungsbesichtigung in der
Altstadt Dillenburgs und Besuch irgendeines
Turmes.

Der Diplomat wirft einen kurzen Blick auf die
Liste, dann wendet er sich When zu. »Wie gut,
dass ich mich hier selbst ein wenig auskenne«,
sagt er verschwörerisch. »Sag, Bruder, warst du
schon einmal in einer richtigen Kneipe?«

*

Dillenburg

Das U-Boot, ein passender Name, denkt sich Latour, immer noch im schicken Smoking, während er drei kurze aber entscheidende Stufen(vor allem, wenn man nicht mehr ganz beisammen ist, aus welchem Grund auch immer), hinab in die kleine Kneipe tritt.

Sras folgt in einem kurzen, aber sehr stretchfähigem schwarzen Kleid für den Notfall(ob Gasthausprügelei oder Ninjaeinsatz, immer sehr nützlich)und hält die Tür für When auf, dem Glanzpunkt in Sachen bescheidener Galauniform. Schlicht, kurzer Stehkragen, Farbe zu orange für eine geschichtsträchtige Uniform(und Latour hofft, dass der Orden nicht SO weit geht, um noch brauchbare Kleider zu recyceln!), aber auch zu braun, um irgendwelche Gedanken an tibetische Traditionen aufkommen zu lassen. Sie zeigt Bescheidenheit, aber auch Disziplin, findet Latour.

Die wird beim Eintreten auch direkt von dem armen Bruder eingefordert, als beißender Tabakqualm in ihre Augen dringt.

Tapfer lächelt der Junge, denn ein Junge ist er,

das hat der Diplomat mittlerweile erkannt, und mustert das Interieur.

Ein Rechteck öffnet sich vor ihnen, jeweils ca. sechs Meter nach links und rechts, aber höchstens gemütliche zwei Meter liegen zwischen dem Eingang und der Theke, was die Zeit vom Eintritt zu einer Bestellung auf nahezu null Sekunden reduziert, und außerdem den Weg von einem der zahlreich besetzte Stühle nach draußen an die frische Luft extrem verkürzt.

Die meisten Barhocker haben sich umgedreht und mustern die Eindringlinge – vor allem die Frau in dem schwarzen Kleid. Fast hat Latour das Gefühl, gleich müsste einer dieser Miniheuballen szenisch durchs Bild wehen, so sehr erinnert es ihn an einen Saloon in einem billigen Western.

»Tür zu. Wir heizen hier nicht für die Frankfurter Affen«, schallt eine mächtige Stimme aus einem Abstellraum. Kurz darauf tritt ein Riese hervor, ein Fass in jeder Hand.»Willkommen«, schallt es ihnen entgegen. Das Dach der Kneipe hätte auch keinen Millimeter tiefer hängen dürfen, denn auch so streift der blonde Schopf des Wirts(und der Wirt wird es wohl sein, schätzt Latour, ansonsten ist es eher der beförderte Türsteher)bereits die Decke.

»Freie Sitzwahl, Herrschaften, wir sind hier nicht im Hilton«, sagt er, ein breites Lächeln auf seinem Bärengesicht. »Wie wäre es direkt an der Theke?« Einladend weist er auf drei freie Hocker direkt in der Peripherie der Zapfhähne, und unerklärlicherweise noch frei.

»Vielen Dank«, antwortet der Diplomat, wirft sein Jackett über einen der Hocker, nimmt Sras galant ihren Mantel ab, den sie den ganzen Abend noch nicht getragen hat, und lächelt When aufmunternd zu.

Die restlichen Gäste haben sie wohl für akzeptabel befunden und sich wieder abgewendet, was daran liegen mag, dass allerlei merkwürdige Menschen hier auf der Durchreise sind, schätzt Latour.

Und weil sie dem Wirt folgen, dass wüsste er, auch wenn er nicht siebenunddreißig Seminare in Gruppendynamik besucht hätte.

Wer kann es ihnen verdenken, lächelt der Diplomat in sich hinein, während er drei Altschuss bestellt und fasziniert mit anschaut, wie die Pranken des Wirts geschickt die schwarze Flüssigkeit in die zerbrechlich und zart wirkenden Gläser füllt.

»Eure Altschuss. Wohl bekomms.«

Lächelnd mustert Latour seine Begleiter, während er das schäumende Gemisch aus Altbier und Cola weiterreicht.

When betrachtet gerade die Wände, die bis auf den letzten Zentimeter mit Kneipensprüchen,

Grußkarten und Bildern aus vergangenen Kneipenjahrzehnten bedeckt sind, mit fasziniertem Staunen. Sras hingegen hat wie immer diesen undurchsichtigen Blick, mit dem sie alles aufnimmt. Diesmal scheint ihre besondere Aufmerksamkeit dem Wirt zu gelten. Latour fragt sich unwillkürlich, wie breit und hoch der Größte ihrer Gegner war, den sie bisher auf die Matte geschickt hat.

Dann wandern ihre Augen durch die Bar, vorbei an den Männern, die noch in ihrer Arbeitskluft vor den kleinen Gläsern mit klarer Flüssigkeit stehen, zu einer Gruppe in Uniform, Emblem unbekannt, vielleicht eine Sicherheitsfirma. Dort verweilt sie kurz, dann bemerkt sie Latours Blick.

»Schön ist es hier«, sagt sie strahlend und greift zu dem Glas.

Er nickt ihr lächelnd zu.

Ja, ein bisschen was anderes als der edle Empfang im »Dillenburger Kebab Palast«, auch wenn sie sich alle Mühe gegeben haben mit der vegetarischen Platte und den vitaminreichen Smoothies.

»Es ist uns eine Ehre, eine Delegation aus Bayern ... äh Awaria empfangen zu dürfen«, hat sich der Bürgermeister wiederholt und dabei besonders auf When geschaut.

Und warum auch nicht, überlegt Latour, während er den etwas überforderten jungen Mann anblickt.

Wie würde ich mich fühlen, wenn ich dem Bruder einer Heiligen begegnet würde? Wie habe ich mich gefühlt? Habe ich es überhaupt realisiert?

»Wie findest du es hier, Bruder?«, fragt Latour, und holt sich aus seinen Gedanken zurück.

Wie kann er es überhaupt hier finden?, fragt er sich fast ein wenig schuldbewusst. Wie kann er ausblenden, was die Welt von ihm erwartet?

»Sehr interessant«, antwortet When lächelnd und prostet seinen beiden Begleitern zu. Dann klopft er dem Diplomaten brüderlich auf die Schulter, und Latour ermahnt sich, in der Gegenwart dieser seltsamen Menschen nicht so ausdrucksvoll zu schauen. Oder so laut zu denken.

*

»Der Schein trügt ein wenig«, sagt When lächelnd. »Viele von uns waren disziplinierte Kneipengänger, bevor der Umbruch kam und wir das Licht sahen. Auch mir sind Wirtschaften nicht fremd«, auch wenn er dort eher hineingeschlichen ist, um die benebelten Gäste um ihr Bargeld zu erleichtern, erinnert sich When; und er hielt es damals schon für eine edle Tat, hätte doch mehr Geld zu noch mehr alkoholischer Verwunderung geführt. »Einige von uns

121

sprechen immer noch dem Bier zu«, fährt er fort und denkt an seinen verehrten Lehrer.

»Und in unserem Teil der Akademie ist Drunken Boxing sogar ein Kurs, den wir belegen *müssen*«, fällt Sras in das Gespräch ein, nachdem sie charmant eine Einladung von einem der Uniformierten zum Tanz – wo auch immer sich hier in der Kneipe die Tanzfläche befinden soll – abgewiesen hat.

»Ernsthaft?« Der Diplomat bestellt eine weitere Runde, beruhigt, dass er wahrscheinlich der Erste sein wird, der unter dem Tisch landet.

»Ja. Die Prüfung bestehen nur jene Schüler, die mit einem Promille drei Gegner, mit zwei zwei oder mit drei Promille einen Gegner besiegt haben.« Sie lächelt verschmitzt zu When, der verschwörerisch zurücklächelt. Dann verschwindet ihr Lächeln für eine Millisekunde, als sie Latour über die Schulter blickt.

Anscheinend hat sich der tapfere Soldat Verstärkung geholt und wagt einen weiteren Angriff, folgert der Diplomat messerscharf. Keine zwei Sekunden später stehen schon zwei von der Sorte Spalier und Sras' Blick, obwohl immer noch reizend anzusehen, ist nicht mehr ganz so charmant wie vorher.

»Vielleicht ist es Zeit zu gehen«, bemerkt Latour und leert sein Bierglas in einem Zug. »Du bist einfach zu schön für diesen Abend, meine

Liebe.« Er reicht ihr den Mantel, während When, der anscheinend nicht das gleiche Training wie seine Schwester genossen hat, bierselig durch die Wirtschaft späht.

»Gibt es Probleme?«, fragt der Riese hilfsbereit. Ein Blick von ihm, und die Truppen, vorher noch bereit zum Angriff, treten den Rückzug an.

»Nein, vielen Dank«, sagt Sras höflich, während der Diplomat bezahlt. »Aber ihr solltet wirklich mehr Frauenpublikum hier haben«, rät sie lächelnd. »Das würde bestimmt die Stimmung heben und die Bürde von den wenigen Frauen nehmen, die hier eintreten.«

»Ja, sagt der Wirt stirnrunzelnd. »Ich verstehe das ja auch nicht. Wir haben heute Abend sogar Ladies Night.«

*

»Auch schon müde?«, fragt der Diplomat Sras, nachdem sie sich von When verabschiedet haben.

Tapfer, der Junge, entscheidet Latour. Den Stimmungskiller KB und seine Chemie brav abgelegt, und dennoch *kein Schwanken, kein falscher Tritt, seitdem wir die Kneipe verlassen haben.* Er hat nicht mehr viel gesagt, aber das kann bei ihm und seinen Ordensbrüdern und -schwestern alles Mögliche bedeuten, von tiefer Kontemplation bis Horden von testosterongesteuerten Alphatieren befrieden. So hofft Latour wenigstens, auch wenn er von seinen eigenen Fähigkeiten mehr als überzeugt ist.

»Nein«, antwortet Sras und versucht, sich an eine Zeit zu erinnern, als ihr Körper ihr noch diktiert hat, wann Schlafenszeit war, nicht umgekehrt.

»Wie wäre es dann mit einer historischen Tour im Mondschein?« Er blickt zum Fahrer ihrer Karosse, der schweigt, was der Diplomat als 24 h Service wertet. Der Mond scheint zwar nicht, aber die Formulierung findet er einfach so schön.

»Klingt interessant«, antwortet sie und steigt wieder in das Auto. »Die Runde heute Mittag war ... «, sie sucht nach den passenden Worten.

»Ein wenig trocken?«, kommt er ihr zu Hilfe.

»Theoretisch«, antwortet sie unmerklich nickend.

»Und du magst lieber den ...« Er zögert.

»Gehaltvollen Teil?«, vervollständigt sie diesmal. »Ja«, bestätigt sie. »Und vor allem da, wo gekämpft wird.«

Er lächelt. »Dann habe ich was für uns. Fahrer, bitte bringen Sie uns zur Wilhelmslinde.«

*

Langsam rollt der Wagen über das Kopfstein-
pflaster. Pferdegeruch kündigt das Landgestüt
an. Dann geht es den Schlossberg hinauf. Kein
Gegenverkehr, die Lampen sind orange.

Hinter einigen Häusern taucht der Wilhelmsturm auf. *Wieder ein Bleistift*, denkt Latour, *nur
nicht so hoch.* Und eher einsam und schweigsam
in der Dunkelheit.

»Der Turm ist nicht unser Ziel«, sagt er rasch,
schon fast einen gelangweilten Blick von seiner
Gefährtin fürchtend.

»Ich weiß.« lächelt Sras zurück.

Woher, hat er sich schon seit einiger Zeit aufgehört zu fragen, denkt er, während seine Gedanken eher darum kreisen, *wann* er das letzte
Mal einen wertlosen Euro auf die Meinung von
jemandem gegeben hat.

Dann hält der Wagen an einer kleinen Straße
mit einer metertiefen Abflussrinne, die der
Chauffeur elegant passiert hat. Die Bremsen
geben ein Seufzen von sich, als sie einrasten.
Behände öffnet der Fahrer ihnen die Tür, und
erst jetzt bemerkt Latour den robusten Körper-
bau ihres Begleiters und die kaum wahrnehm-
bare Ausbuchtung im Jackett.

»Vielen Dank«, sagt Sras, richtet sich auf und
schaut auf einen, wie soll man es nennen?,
überlegt sie, und entscheidet sich für den Begriff Baum. Ja, definitiv ein Baum, sehr alt, ab-

gemagert, mit einer kleinen morschen Bank, direkt unter dem Stamm. Was in Ordnung ist, da die Äste, die wirklich wie kurz vor dem Herabfallen aussehen, so dünn sind, dass sie wirklich niemanden verletzen könnten.

Lächelnd stellt sich Latour neben sie, zwei Pils in der Hand.

Wenn er eine geheime Kraft hat, denkt sie, während sie lächelnd eine der Flaschen ergreift, *ist es das Herbeizaubern von alkoholhaltigen Getränken.* Auch im Flieger hat sie dieses schwarze, unscheinbare Fläschchen bemerkt.

Ich hoffe, Freund, du hast mehr drauf als das.

»Sie können jetzt Feierabend machen«, sagt er etwas gönnerhaft zu ihrem Fahrer. »Wir laufen zurück.«

»Sehr freundlich«, antwortet der, setzt sich vors Steuer und bleibt dort.

Aha, denkt sich Latour, *eine Anstandsdame.*

Er lächelt ein wenig gequält, und drängt die Erinnerungen an jene Zeiten krampfhaft fort, wo eine Anstandsdame ihm und seiner Begleitung über die Schulter geschaut hat. Und an die Zeiten, wo es besser gewesen wäre, wenn tatsächlich jemand aufgepasst hätte.

»Darf ich vorstellen. Die Wilhelmslinde.«

*

Sie würde versuchen, beeindruckt zu schauen, wenn sie wüsste, wie man das macht. Also lächelt sie nur, was meistens genügt, nimmt einen Schluck und wundert sich über das bittere Bier und eine Infotafel, die unscheinbar an einer flachen Mauer lehnt.

Eine plötzliche Bewegung neben ihr lässt ihre Neuronen aus allen Rohren feuern. Aber sie beherrscht sich, als der Diplomat an die Brüstung läuft, und aus voller Kehle »Lieber Türk als Pfaff« brüllt.

Entschuldigend lächelnd und etwas außer Atem kehrt er zurück zu ihr, und sie verspürt für einen Moment Abscheu vor solcher Untrainiertheit.

Selbst die Achtzigjährigen bei uns sind besser trainiert und können acht Etagen hinaufsteigen, ohne zu schnaufen, denkt sie und ist wieder froh über den Fitnesscheck an Aufzügen und Rolltreppen in ihrem Land.

»Verzeihung. Aber dieser Ort reißt mich immer mit.« Er nimmt eine Schluck aus der Flasche und bittet sie auf die Bank neben ihm. »Ich weiß, der Baum macht nicht viel her, aber genau hier hat eine Delegation aus den Niederlanden die berüchtigte Spinne gefragt, ob er den Kampf gegen die katholische Großmacht Spanien annehmen will.«

»Die Spinne?«

»Wilhelm von Oranien. Sogar die Hymne der Niederlande ist nach ihm benannt.«

Der niederländische Unabhängigkeitskrieg. Sie erinnert sich an die Lektionen. Vor allem an die Entschlossenheit und die Brutalität der Geusen, die sogar die Deiche durchstießen und ihr eigenes Land fluteten, um den Feind zu besiegen.

»Wie hat er sich entschieden?«, fragt sie, und fühlt Dankbarkeit in sich aufkommen. Das ist wirklich ein schöner Ort, muss sie zugeben.

»Natürlich hat er angenommen. Und die Spanier vertrieben.« *Nach einem langen, harten Kampf,* fügt er in Gedanken hinzu. *Unnötig, das auszusprechen, sie weiß es bereits.*

»Ehrenhaft. Sein Leben hier, das Leben, das er für den Kampf aufgegeben hat, war bestimmt bequem, wie ich annehme?«

»Das ist anzunehmen. Aber manchmal muss man wohl die Sicherheit und den Komfort aufgeben, wenn die Freiheit ruft.«

Sie lächelt ihn mit einer Mischung aus Dankbarkeit und Kampfgeist an, der ihn erschaudern lässt.

Dann steht sie plötzlich auf, schreitet damenhaft an die Brüstung und schreit »Lieber Türk als Pfaff« so laut, dass in irgendeinem Haus dort unten ein Hund zu jaulen anfängt.

*

Entlang der A 45

Der nächste Morgen. Ehemalige Autobahnauffahrt A 45, eine Ziffer, die bedeutungslos geworden ist seit dem Zerfall.

Wo der Umsturz den Asphalt intakt gehalten hat, haben lokale Warlords ihre Mautstationen eingerichtet. Fehlende Instandhaltung hat dem einstigen Prunkstück Europas den Rest gegeben. *Die Autobahnmeisterei war also doch nicht nur dazu da, Hütchen aufzustellen, um den Urlaubern zu Ferienbeginn die Laune zu vermiesen*, denkt Latour müde.

Dieser Teil der Straße scheint aber in Ordnung zu sein und sie zumindest bis nach Siegen zu bringen, wie ihnen der Bürgermeister versichert hat.

Der Diplomat reibt sich die Augen, wundert sich über den schlechten Schlaf letzte Nacht.

War es Aufregung? Und wenn ja, weshalb? Er war im Jemen dabei, hat die Delegation auf dem Balkan begleitet, alles schlimmer als diese Situation.

»Guten Morgen, Freund.« Sras steht plötzlich neben ihm und reicht ihm ein dampfendes, braunes Getränk.

Sie trägt kein Kleid mehr, eher einen Kampfanzug. Nicht die beruhigenden Farben des restlichen Ordens, keine Abzeichen. Nur schwarz und schnörkellos.

Er lächelt dankbar, schaut in ihre Augen, die wie immer leuchten, als würde hinter ihnen eine Quelle unerschöpflicher Energie lodern.

»Koffein täuscht nur über die Wahrheit hinweg.«

Er nimmt einen Schluck. »Und die wäre?«

»Dass man müde ist und früher hätte schlafen gehen sollen.«

Er lächelt wie ein Schuljunge. »Werde ich mir merken.«

*

When, so kommt es dem Diplomaten vor, der sich selbst in trinkender, und ebenfalls durchzechter Gesellschaft definitiv *wohler* fühlt, entscheidet er, scheint den letzten Abend auch perfekt weggesteckt zu haben. Dankbar verabschiedet er die Delegation der Grafschaft, schüttelt Hände und vergisst dabei nicht die unwichtigsten Bediensteten wie den Fahrer, auf den der Diplomat hingegen verzichten kann. Er hat entschieden, ihn nicht zu mögen.

Morgens hat man wirklich peinliche Gedanken, denkt er. *Hoffentlich tauchen die niemals in meinen Memoiren auf.*

Dann schreitet der Awarianer wie Napoleon
seine Truppen ab – wenn Napoleon die aggres-
sive Ausstrahlung von Gandhi gehabt hätte und
seine Truppen aus drei Transportern voll beladen
mit Powersaatgut *Made in Bayern* bestanden
hätte, die von fünf Ordensmitgliedern bemannt
werden. Darunter ein Junge, der Whens kleiner
Bruder sein könnte und ein älterer Herr, bei dem
Latour das Gefühl hat, er müsste ihm gleich über
die Straße helfen. Alle fünf sind unbewaffnet.

*Für einen Orden, der sich von jeder Gottesvor-
stellung getrennt hat, habt ihr sehr großes Vertrauen,*
denkt er für sich.

Anscheinend aber ist er der Einzige, der sich
ein wenig Sorgen ob ihrer Reise in die Unterwelt
macht, denn keine zwei Minuten später kommt
ihm When strahlend entgegen.

*

»Guten Morgen, Freund.« Er verneigt sich tief
vor dem Diplomaten, dann lächeln sich Bruder
und Schwester an und strahlen um die Wette.

»Guten Morgen«, lächelt Latour zurück und
hat das Gefühl, jeder hat heute Morgen einen
unsagbar komischen Witz gehört, nur er nicht.
»Ist alles bereit?« Er stürzt den Rest seine Kaf-
fees hinunter. *Kurzfristige Lösungen sind auch Lösungen,* denkt er trotzig.

»Ja. Die Batterien der Transporter sind voll aufgeladen. Die Ladung ist fest verstaut. Unsere Schwestern und Brüder kennen die Strecke und unser Ziel.«

Und hoffentlich alles, was zwischen uns und dem Ziel liegt, denkt der Diplomat besorgt.

»Das wird keine Kaffeefahrt«, sagt Latour.

»Nein. Aber wir wissen, was auf uns zukommt.«

»Na dann, worauf warten wir?« Erst schaut er When an, dann Sras. Langsam kann er den Spirit greifen. Muss am dunklen Gebräu liegen. »Heute Abend muss ich mal zeitig ins Bett«, murmelt er.

Sras lächelt ihn verschmitzt an.

When nickt ernster dieses Mal, dann blickt er zurück auf den Wilhelmsturm, den Schlossberg mit seinen uralten Gemäuern. Er spürt die Dill sanft rauschen, irgendwo dort unten. »Ich fand es schön hier.«

Sras folgt seinem Blick. »Na, dann sorgen wir dafür, dass du heil hierhin zurückkehren wirst.«

*

Auf Wiedersehen in der Grafschaft Hessen.

Ein Schild am Autobahnrand mit winkenden Kindern und Einschusslöchern. Anscheinend hatte jemand zu viel Munition übrig.

»Konvoi Awaria. Hier ist Hessen. Das war's für uns. Hier enden unsere Befugnisse. Ab jetzt seid ihr auf euch allein gestellt.«

»Verstanden, Hessen. Vielen Dank für eure Hilfe«, antwortet When in seinen KB, der dieses Mal als Funkgerät fungiert.

Latour, lässig auf dem Beifahrersitz, blickt in den Spiegel, sieht die vier Jeeps abdrehen und in die Ausfahrt abbiegen.

Hinter ihnen, in korrektem Abstand, fahren oder besser schleichen die restlichen Transporter langsam durch den regen Verkehr, zumeist überholt von anderen Lastern, oder dem einen oder anderen Militärfahrzeug.

Er seufzt, als er auf den Tacho schaut. Solide sechzig Stundenkilometer.

Bis wir am Zielort sind, ist die Bombe bestimmt schon verrostet, und wir können beruhigt heimkehren, denkt er spöttisch.

Mit dem Kaffeeaufschwung am Morgen hatte er sich ans Steuer gesetzt, ist sich aber gemeinsam mit allen anderen des Konvois schnell darüber klar geworden, dass das Schneckentempo nichts für jemanden ist, der ab und zu einen Ferrari fährt. Danach war Sras dran, eher aus Neugierde, schätzt er, denn es wurde erst den Brüdern und Schwestern mulmig und schließlich auch ihm, sobald sie das Gaspedal entdeckt hat. Und die Hupe.

Also hatten sie sich auf When geeinigt, der das Amt des Fahrzeugführers und des Konvoikapitäns sehr gewissenhaft ausführt.

»Wie lautet unser nächster Stopp?«, fragt er seinen KB.

»Siegen. Entfernung knapp einundzwanzig Kilometer«, antwortet der prompt.

»Zweck?«

»Militärkontrolle. Letzter Stützpunkt der ehemaligen Streitkräfte.«

Hier oben beginnt dann also der wilde Westen, überlegt der Diplomat, der noch nie so weit im Norden gewesen ist. Während ihrer Fahrt sieht er auch, warum: Immer öfter müssen sie Schlaglöchern ausweichen oder unbeendete Baustellen umfahren. Einige der Rastplätze scheinen geplündert worden zu sein, andere wurden zu Zeltplätzen umfunktioniert. Die Autos werden erst kleiner, dann immer ramponierter, bis zu einem Crashcar-Level, wenn sie nicht ohnehin auf dem Standstreifen stehen, ihrer Reifen beraubt oder schlichtweg ausgebrannt.

»Details, bitte. Stichworte Militärkontrolle, Grenzgebiet Hessen und ehemaliges NRW.« When aktiviert wieder nachdenklich seinen KB.

Am Horizont, leider näher, als er gern hätte, steigen Rauchschwaden auf. Nicht die kleinen, blassen, sondern große, tiefschwarze Pilze.

»Die Streitkräfte unter General Reil, vor

allem die Luftwaffe, errichteten kurz nach der
Ernennung der reichsfreien Städte eine De-
markationslinie, die ungefähr der ehemals süd-
lichen und östlichen Grenze des ehemaligen
Bundeslandes NRW gleicht. Aus einigen Grenz-
posten wurde im Laufe der Zeit feste Stütz-
punkte. Flughäfen kamen hinzu. Das Gleiche
geschah im Norden durch die Truppen Däne-
marks, die das ehemalige Schleswig-Holstein
unter ihr Protektorat stellten.«

»Und im Westen sind die Beneluxländer positioniert?«

»Genau, unter der Führung Frankreichs. Ihr
Aufgebot ist das Stärkste. Zumeist Fallschirm-
jägerregimenter, Fluggeschwader. Die Fremden-
legion.«

»Ziel des Ganzen?«

Als wenn er das nicht wüsste, denkt Latour. Überall in Europa schossen damals die freien Städte,
Grafschaften, sogar Scheichtümer und clankon-
trollierten Gebiete aus dem Boden. Nirgendwo
aber hatten sie so großen Nährboden gefunden
und sich so erfolgreich etabliert wie in NRW.
Während in Berlin kein Stein mehr auf dem
anderen blieb, scheinen die Gruppierung unter
verschiedenen Stammesführer hier zu gedeihen.

»Zunächst war das Ziel eine Einnahme des
Gebietes und die Zerstörung dieser neuen politischen Struktur. Als sich dieses Unterfangen

nach kurzer Zeit als unmöglich herausstellte, beschloss der Generalstab der neuen Streitkräfte die hermetische Abriegelung. Er verweigert natürlich die Anerkennung der Stadtstaaten, wie sie sich jetzt nennen.«

»Mit Erfolg?« Latours Augen folgen zwei Kampfhubschraubern vom Typ Tiger, die, unterstützt von einigen kleinen Drohnen, drohend über einer Hügelkette kreisen.

»Definiere Erfolg.«

Latour seufzt innerlich. Irgendwie ist ihm heute nicht nach Definition. Von Erfolg im Zusammenhang mit militärischen Operationen schon gar nicht – wenn es so was überhaupt gibt.

»Gibt es Parallelen in der Geschichte, die vergleichbar wären?«

»Außer in Kriegszeiten eine zeitweise Einkesselung wie im Barbarossa Feldzug? Unwahrscheinlich. Die Dimensionen stimmen nicht überein, aber vielleicht passt die Abriegelung des Gazastreifens und der Westbank durch die IDF.«

Erschütterungen lassen den Transporter vibrieren. Die Chopper scheinen ihr Ziel gefunden zu haben. Sie stürzen sich wie Falken herab und decken es mit Raketen ein.

Sras erwacht, beobachtet den Horizont. When hält den Wagen auf Kurs, scheint aber etwas zu flüstern. Sein Blick ist traurig.

Palästina, denkt er. *Und wir alle wissen ja, wie das ausgegangen ist.*

*

137

Siegen

Letzter echter Außenposten der Streitkräfte, und letztes Leuchtfeuer der Zivilisation, wie Skeptiker sagen würden.

Die Stadt besteht fast nur aus Straßen, auf denen sich meist Militärfahrzeuge und Transporter in langen Schlangen vorwärtsschieben. Ehemalige Fußballplätze sind Flüchtlingslager geworden. *Relativ hoher Standard, der wohl mit der Zeit kam*, schätzt der Diplomat, während er durch die Fußgängerzone an der Sieg entlangstreift, einen Cocktail im Extrablatt trinkt und sich über die Filme wundert, die im Kino gezeigt werden.

Die Stadt hat sich gut gehalten, denkt er, während er die intakten Gebäude mustert, in denen sich noch gewöhnliche Geschäfte befinden, mit einem Zuwachs natürlich an Läden, die alles verkaufen, was Tarnfarbe hat oder clevere Prepper auf die kommende Apokalypse vorbereitet.

Ansonsten ist nur auffällig, dass die Stadt auffallend ... religiös angehaucht ist. Keine Straße, bemerkt er, ohne eines der diversen Gotteshäuser, von einem Hindutempel ganz in Farbe,

bis hin zu den zahlreichen Synagogen, über
einen bescheidenen buddhistischen Schrein –
den seine Gang bestimmt schon abgecheckt
hat – und einer Moschee.

Er geht auf ein mehrstöckiges Gebäude zu, das
auffallend viele Antennen auf dem Dach instal-
liert hat und in früheren Zeiten mal eine Ein-
kaufsgalerie gewesen ist. *In den guten Zeiten.*

*

Als Erstes schaut er aber bei seiner Faust-des-
Friedens-Truppe vorbei, die, um keine Umstände
zu machen, mit ihren Transportern zufällig im
Hinterhof eines vegetarischen Restaurants(aha,
doch nicht ganz so zufällig, der Ort, grübelt er),
Quartier bezogen hat.

Faust des Friedens. Natürlich würde er sie und
sich, denn er ist ja irgendwie ein Teil davon, niemals so nennen, aber irgendwie fehlen ihm die
Passwörter und Codenamen für sich und die
Mission, seit er diese merkwürdigen Menschen
kennengelernt hat, die in de Abendstunden still
dasitzen und ... Was tun sie eigentlich? Meditieren?

Sollen sie, denkt er, während er gebührend Abstand hält und die Szene beobachtet. *Haben sie
sich verdient.*

Der Tag war anstrengend, auch wenn es keinen Grund zur Klage gibt. Die Militärkontrollen waren kein Problem, anscheinend waren die Unterhändler gründlich, was jeder zu schätzen weiß, der schon einmal der Allmacht von Militärsperren entgegentreten musste. Obwohl die Posten alles andere als begeistert waren, Hilfstransporte für den potentiellen Feind passieren lassen zu müssen, und wer will es ihnen verdenken, konnten sie nichts beanstanden. Selbst auf Schikane wurde verzichtet, was Latour wirklich überrascht hat.

Euch aber nicht wirklich, oder?, fragt er lautlos, als er die Brüder und Schwestern, die so schweigsam und unbewegt wie Statuen dasitzen, betrachtet und die Wachleute bemerkt, die ebenfalls etwas von der Ruhe zu erleben scheinen.

Ihr habt den Frieden gefunden, den wir alle suchen, nicht wahr?, überlegt er. *Es ist euer größtes Exportgut.*

Und dabei ist der Jüngste aus dieser Gruppe erst gerade mal siebzehn Jahre alt, ein Alter, in dem früher die Jungs Level vierundfünfzig waren, vom Lambo geträumt haben oder mit ihrer heißen Schnitte an der Bushalte abhingen.

Aber auch ihr seid nicht unverwundbar, nicht wahr?

Er hatte es erst bei When bemerkt. Bei Sras nicht, aber außer zu wenig Handgemenge kann ihrer blendende Laune wohl nichts etwas anhaben. *Außer* ... Aber er unterbricht den Gedanken, der eindeutig seinen Erinnerungen an seine Bushaltestellenzeit entspringt.

Die anderen – vielleicht weniger erfahrenen – haben es auch gespürt. Und der Junge. Sie waren geknickt, als sie die Helikopter gesehen haben. Keiner hat etwas gesagt, auch der Funk blieb still, aber er hat es gespürt: Bestürzung. Unverständnis. Etwas, das sie in ihrer Welt nicht kennen, in den nächsten Tagen aber kennen werden, fürchtet der Diplomat.

Mit einem letzten Blick auf When und Sras wendet er sich ab, die plötzlich ihre Augen öffnet und ihm zuzwinkert. Als wäre es nicht bereits dunkel und er in einem schwarzen Anzug.

Er lächelt tapfer zurück, hält auf das HQ der Streitkräfte zu und entscheidet zwei grundsätzliche Dinge.

Erstens: Kleider machen Leute. Und Situationen Kleider. Er wird heute noch in den nächsten BW-Laden gehen und sich Tarnklamotten kaufen.

Zweitens: Jedes Mal, wenn er ab jetzt denkt, er würde etwas *spüren*, genehmigt er sich einen.

*

Der General

»Whisky?«, fragt er und schenkt zwei Gläser ein, ohne die Antwort abzuwarten.

Latour befindet sich im oberstes Stockwerk der ehemaligen City-Galerie, die jetzt das Hauptquartier der ehemaligen Streitkräfte der Bundeswehr darstellt. Verstärkte Wände, Panzerglas, zwei Posten in Kevlar vor dem Eingang.

»Ja, sehr gerne«, antwortet der Diplomat höflich und versucht dabei, nicht zu gierig zu klingen.

Beide Männer nehmen einen tiefen Schluck, und schnell merkt Latour, dass die billige Flasche nur Tarnung für einen edlen Tropfen ist.

Der General weist auf einen leeren Aschenbecher, dann auf eine kleine Kiste. »Falls Sie rauchen wollen, nur zu. Ich habe es mir abgewöhnt, schlecht für die Gesundheit.« Er lächelt und füllt ihre Gläser aufs Neue.

Latour lächelt dankbar, greift aber nicht nach dem edlen Kistchen. »Ich muss auch an meiner Ausdauer arbeiten«, wehrt er ab, während er sein Gegenüber unauffällig mustert.

Hochgewachsen und drahtig wirkt er eher zu fit für seine vielleicht fünfzig Jahre. Der General hat kurze, graue Haare und die obligatorischen Andeutungen von Narben an seinem Hals.

Kurz schaut der Generalleutnant auf einen Bildschirm, auf dem codierte Datenkolonnen in schneller Abfolge erscheinen und wieder abtauchen, dann rückt er auffallend unbequeme Stühle heran und setzt sich.

»So, Herr Latour«, wendet er sich an seinen Gast. »Verwandt?«

»Leider nein. Aber großer Fan.«

»Genauso wie ich. Lag an der Militärausbildung, die schadet niemandem.« Jetzt ist es an dem Soldaten, sein Gegenüber zu mustern. »Gedient?«

»Als Sani«, sagt Latour fast entschuldigend. »Ich habe ein paar Kurse in Selbstverteidigung hinter mir, Waffengattungen. Für kurze Zeit war ich als UN-Beobachter in Afrika.«

»Aha«, sagt der General nachdenklich. »Die UN. Das waren noch Zeiten. Traurige, ineffiziente, peinliche Zeiten. Aber diese Idee ...« Er zögert. »Ein Traum.«

Und Latour weiß nicht genau, ob es reiner Sarkasmus ist, der in der Stimme des Soldaten mitschwingt.

»So, und Sie führt die reine Menschenliebe hier in unsere nette Gegend? Ihre Chefs müssen sich ja mächtig reingehängt haben. Für die Erlaubnis, meine ich.«

Latour überlegt einen Augenblick. Fühlt, dass ein Spiel begonnen hat. *Endlich wieder.*

*

»Ja. Der Freistaat Awaria ist sehr bemüht, freundschaftliche Beziehungen zu allen europäischen Mächten zu pflegen.«

»Auch zu denen, die nicht anerkannt sind und für Hass und Terror stehen?«, hakt der General nach. Seine Stimme ist ruhig, aber bestimmt.

»Fragen Sie mich als Diplomat? Oder als einen der Repräsentanten des Freistaates?«

»Macht das einen Unterschied?«

»Ja«, sagt Latour lächelnd, und denkt zurück an die vergangenen Tage. Hat er überhaupt verstanden, was dort vorgeht, in diesem Land, dem einstigen Hightech-Standort Deutschland? Und Europas?

Hat er sich gewehrt? Oder hat er bereits aufgegeben, will er aufgeben, und sich der Ruhe unterwerfen, die er seit dem ersten Tag dort gespürt hat?

Gespürt! Seufzend nimmt er einen großen Schluck.

»Als Repräsentant würde ich die Position des Rates der Weisen vertreten und sagen, dass *gerade* jene verirrten Gemeinschaften auf den rechten Weg geführt werden müssen. Und das mit

Hilfe und nicht mit dem Schwert.« Er erinnert sich an das Zitat Adenauers, das am Eingang zum Zentrum diplomatischer Beziehungen in dunkler Schrift steht.

»Und als Diplomat?«, fragt der General, der ihn mittlerweile wegen der vielen unnötigen Pausen bestimmt schon als geistiges Faultier entlarvt hat. »Schließlich haben Sie jede Menge Erfahrung. Auch im Feldeinsatz.«

Diplomat, überlegt Latour ernst. *Bin ich überhaupt noch Diplomat?*

»Da müsste ich entgegnen, dass ab einer gewissen Verschärfung des Konflikts eine helfende Hand nur noch als Schwäche angesehen wird.« Er zögert. Appeasement. Zweiter Weltkrieg. Es gibt unzählige Beispiele. »Und die wird von der aggressiven Partei als Einladung verstanden – für mehr Gewalt.«Der General schweigt, dann nickt er. »Besser hätten wir es nicht formulieren können.«

Hättet ihr, denkt der Diplomat lächelnd. *Und habt ihr. Und danach gehandelt habt ihr ebenfalls, was sehr selten ist.*

»Deshalb die Containment-Politik, wie es die Amerikaner ausdrücken würden?«

Der General nickt und ruft einen Adjutanten, der anfängt, verschiedene Bilder und Statistiken an die Wände zu projizieren.

Latour erkennt Karten mit Informationen zu

Truppenstützpunkten von Freund und Feind. Das Feindgebiet ist ein Dreieck mit Köln und Dortmund als Ecken. Ein Kreis, fast so genau wie der sagenumwobene Außenkreis eines Dreiecks, mit dem Kinder im Matheunterricht genervt werden, zeigt die Alliierten, oder wie sie sich nennen, die den Rest der Umwelt vor der neuen Städteallianz beschützen – oder beschützen sollen.

»Wir haben es vermasselt. Oder besser gesagt die Bundeswehr, als sie noch so hieß.« Der General stellt schwermütig sein Glas beiseite, nimmt einen Laserpointer und fährt mit dem kleinen roten Punkt die Linie ab.

Fast hat Latour das Gefühl, der Soldat wäre jetzt bei seiner Truppe, würde jedem die Hand reichen.

»Der Umbruch kam schnell, aber wir hätten es absehen müssen. Wochen, Monate, sogar Jahre vorher.« Er scheint sich zu erinnern. »Aber als wir den Vormarschbefehl erhielten, um die neuen Mächte auszuradieren, bevor sie ihre hässlichen Wurzeln bilden konnten, war es bereits zu spät.« Der rote Punkt nähert sich Dortmund, Düsseldorf, dann Köln. »Sie waren organisiert und gut bewaffnet. Und sie hatten Zufluss von Tausenden professionellen Kämpfern aus der ganzen Welt.« Der General schaltet den Pointer aus.

Mittlerweile versteht Latour, warum er hier ist. Freundlich lächelt er und fragt sich, ob es manchmal einsam ist an der Spitze, auch – oder vielleicht sogar besonders – wenn man von Gleichgesinnten umgeben ist.

»Wir verloren vor den Toren jeder großen Stadt. Die Verluste waren zu hoch, also zogen wir uns zurück. Wir hätten alles in Schutt und Asche bomben können, aber meine Vorgesetzten entschieden sich dagegen.«

Für einen Moment fragt der Diplomat sich, ob der General die Entscheidung damals gutgeheißen hat.

»Diese Verteidigungslinie, die wir zu dieser Zeit eingenommen haben, halten wir seitdem. Wir versuchen, was wir können, um den Schaden zu begrenzen. Einzudämmen, wie Sie es vorhin ausgedrückt haben. Klappt eher schlecht als recht.« Er wendet sich wieder dem Diplomaten zu, und blickt ihn scharf an. »Was uns zu Ihnen und Ihrer Wohlfahrtsmission bringt.«

*

»Und die Kinder erkannten plötzlich, wie einsam die arme alte Frau in all den zurückliegenden Jahren war.«

Latour ist zurück im Veggiecamp, wie er es heimlich nennt. Die Schwestern und Brüder haben ihre Meditation beendet und sind jetzt wohl bei einer Art gemeinschaftlichem Beisammensein angekommen. Was ihm seltsam vorkommt, kann er sich doch einen gemütlichen Abend ohne digitales Entertainment schlichtweg nicht vorstellen. Neugierig setzt er sich zu ihnen in den Kreis. Selbst die Wachposten sitzen dort, bemerkt er, die Waffen über die Schulter geschlungen, nun irgendetwas aus Tofu in der Hand.

»Bitte fahr fort.« Er lächelt dem Geschichtenerzähler zu, dem älterer Bruder mit grauem Haar und einer Gelehrtenbrille.

Alle lächeln ihn freundlich an. When deutet einen Wai an.

Sras fehlt.

»Also ließen sie vom Kampf ab und begannen, mit der altem Dame zu sprechen.«

When setzt sich neben den Diplomaten und reicht ihm einen Gemüsespieß.

»Und sie erfuhren, welches Leid die alte Dame in den letzten Jahren durchmachen musste. Die Frau erzählte von ihren Kindern, die sie verlassen hatten, um in der Stadt ihr Glück zu finden, und von denen sie nie wieder etwas gehört hat. Von ihrem Lieblingsreh, das seine Mutter verlor, und das sie fütterte und pflegte, und ihm selbst einen Namen gegeben hat. Sie sah es wachsen, nur um es später an habgierige Jäger zu verlieren.

Wie so viele ihrer Tierfreunde. Und wieder war sie allein.«

Der Erzähler macht eine Pause.

»Dies war auch die Zeit, in der sie im Wahn ihr Haus bemalt hat, als würde alles aus Zuckerwerk bestehen. Wir Menschen machen seltsame Dinge, wenn wir uns einsam fühlen.«

Er blickt in die Runde.

Zustimmung. Mitgefühl.

Einer der Wachposten hat aufgehört, zu essen. »Ich sollte mal wieder bei meiner Großmutter vorbeischauen«, murmelt er. »Sie ist nicht mehr die Frischeste und lebt dazu noch in Offenbach. Aber sie macht immer noch einen Sauerbraten-«

»Ja, solltest du«, unterbricht ihn der zweite Posten, und zeigt auf den Sprecher, der langsam fortfährt.

»Niemals wollte die alte Dame jemandem schaden. Aber allein sein, wollte sie auch nicht. Das verstanden die Kinder und sahen, dass alle Gewalt, aller Hass nur aus Furcht geboren wird. Aus Angst vor dem Leid.«

Schweigen. Irgendwo in der Stadt läuten Glocken. Bald darauf ist ein Chor zu hören. *Mitternachtsandacht*, denkt der Diplomat.

»Also entschlossen sie sich, der alten Dame zu helfen. Sie nahmen sie in den Arm. Halfen ihr, das Haus instand zu setzen. Sie bauten eine Wohnung für sich und Futterkrippen für Tiere in Not. Mit der Zeit entstand ein Tierpark, in dem sich Menschen und Tiere kennenlernen konnten. Irgendwann kamen ihre Eltern in diesen Park, und als sie ihre Kinder sahen, aus denen nun junge Erwachsene mit leuchtenden Augen geworden waren, bereuten sie alles, weinten und umarmten sich. Und als die alte Dame dann starb, nach vielen Jahren der Gemeinschaft und des Glücks, standen alle an ihrem Grab. Die Kinder, ihre Eltern, die Menschen aus ihrem ehemaligen Dorf. Und ihre Tiere.«

Einer der Posten verkneift das Gesicht und blickt zu Boden.

Latour fühlt eine Wärme in seinem Herzen, die ganz mühelos aufsteigt, ohne dass er sie anfachen muss.

»Und als sie alle dort standen, sah ein kleines Kind, und nur kleine Kinder sehen solche Dinge, eine leuchtende Gestalt hinter einem Baum stehen, eine wunderschöne Frau, mit silbernen Haaren und einer Krone aus Laub und Eicheln darin. Und sie lächelte dem Kind zu, und das Kind winkte zurück. Dann verschwand die Gestalt.«

Das Schweigen ist jetzt noch tiefer, unterbrochen nur von dem zweiten Posten, der murmelt, die grimmschen Märchen seien ihm schon immer zu brutal gewesen.

Der Erzähler blickt besorgt zu dem Wachposten, dann zu Latour.

Ich bin okay, alter Mann, keine Sorge, denkt Latour und weiß, dass der Mann es verstehen wird.

»Bis zum heutigen Zeitpunkt ist dieser Wald verwunschen. Das Wasser dort ist so klar wie nirgendwo sonst, die Bäume stark, die Tiere jung und frei. Menschen, die dort wandern und auf den Auen im Gras liegen, finden Heilung, schöpfen frische Kraft. Und ruhen sich aus.«

Cleverer alter Kerl, denkt sich Latour, als er in die Runde blickt, die wieder lächeln kann, wenn auch mit nassen Wangen.

»Und der Ofen hat nie wieder ein Stück Fleisch braten können«, sagt When und erhebt sich.

Dann ertönt es aus all den vorher schweigsamen Kehlen wie einstudiert: »Nur noch Grillkäse!«

*

Im Feindesland

Nachdenklich sieht Latour dabei zu, wie die letzten Sperren im Rückspiegel kleiner werden, bis sie nur noch eine blasse Linie sind.

Die Wachposten der Streitkräfte haben sie durchgewunken, der ein oder andere hat sogar salutiert. Was den Diplomaten eher an eine Abschiedsbekundung erinnert hat, der letzte Gruß an Soldaten, die auf ihre letzte Mission gehen.

Die Kevlarwesten, das Summen der Überwachungsdrohnen, die Scharfschützen und die Panzersperren haben nichts an seinem mulmigen Gefühl geändert.

Fast wie der Todesstreifen damals in Berlin, erinnert er sich. Die Mauer, wie viele sie verharmlosend genannt haben – als hätte eine einfache Mauer die Menschen damals von der Freiheit abhalten können und nicht die Selbstschussanlagen und Minen.

»Wir sollten die Scheiben auf Verdunkelung stellen«, tönt es aus dem Funk und Latour erkennt die Stimme des Erzählers von gestern.

Sie hat nun ihre Sanftheit verloren, bemerkt er, *ist kälter geworden.*

Sras stimmt zu, drückt einen Schalter und die Scheiben werden schwarz.

«Na ja, dann wird das ja eine ordentliche Überraschung werden, wenn der Gegner erst im letzten Moment merkt, wie viele schwer bewaffnete Menschen im Führerhaus auf sie warten«, sagt Latour scherzhaft.

When, in ihrer Mitte, lächelt höflich, scheint aber mit seinem KB zu kommunizieren – oder es nicht witzig zu finden. Sras lächelt nicht. *Ganz gewiss, weil sie es nicht witzig findet*, denkt er peinlich berührt.

Aber schon gestern Abend hat sie nicht mehr gelächelt. Was vielleicht an den blauen Flecken und Schwellungen im Gesicht gelegen haben mag. Und an ihrem Humpeln.

»Sparring«, lautete ihre einzige Antwort auf seine Frage nach ihrem Befinden, bevor sie verschwunden war.

Na toll, unser mysteriöser Kampfmeister, unser letzter Trumpf, falls es hässlich werden sollte, lässt sich von ein paar Frontschweinen ausknocken, hat Latour in diesem Moment gedacht. Sofort kam er sich egoistisch und schäbig vor.

Sie tauchte an dem Abend nicht mehr auf, und ihre Laune war auch bei der Abfahrt der Transporter nicht besser gewesen.

Als When sich wie gewohnt an das Steuer gesetzt hatte, traf ihn, ihren Ordensbruder, ein scharfer Blick, der ihn fast telekinetisch vom Fahrersitz entfernt hat.

Seit dem Abend schweigt sie. Und Latour merkt, dass er ihr Lächeln mehr vermisst, als er sollte.

*

»Also, was bringt einen Diplomaten mit kometenhafter Karriere in die Dienste eines Bauernstaates?«Latour erinnert sich. Der General hat seinen Befehlston abgelegt, vielleicht wegen des Whiskys. »Nicht die Bezahlung, schätze ich.«

»Nein.« Latour lächelte.

»Vielleicht die Liebe? Männer haben schon Dümmeres dafür getan.«

»Schuldig«, bekannte der Diplomat. »Aber nicht dieses Mal.« Er war selbst überrascht, wie überzeugt er klang. »Die Herausforderung, denke ich. Außerdem hatte ich schon immer eine Schwäche für Underdogs.«

Der General lächelte. »Dann war das die richtige Wahl. Ich gebe diesem Gebilde nicht einmal mehr zwei Jahre, bis es geschluckt wird. Oder implodiert.«

Der Diplomat nickte. »Anzunehmen. Ist es nicht merkwürdig, wie viele Feinde man sich macht, wenn man nur den Frieden will?«

155

»Mag sein«, antwortete der Soldat. »Aber ich
bin natürlich kein Spezialist für den Frieden.
Und auch kein Philosoph.«

Und ich kein Held, dachte Latour. *Und die Seiten, die ich bisher gewählt habe? Underdogs vielleicht, aber immer mit der Chance auf den Sieg. Oder zumindest aufs Überleben.*

»Und diese Mission? Hilfsgüter in ein Gebiet
liefern, das im Grunde genommen bürgerkriegs-
ähnliche Zustände aufweist? Dank chinesischer
Investoren wäre es im Moment sicherer, den af-
rikanischen Kontinent zu durchqueren.«

*

Die ersten Kilometer ist alles gutgegangen, denkt
Latour und klopft heimlich auf Plastik, statt auf
Holz, was ihm herzlich egal ist.

Gesprochen hat niemand. Sras hat nur kurz ge-
knurrt, als When ihre Schwellungen gekühlt hat.

Der Verkehr wird immer weniger, die Fahrzeuge werden immer einfarbiger, meist mit
Schriftzügen, die sie eindeutig einer der Bürger-
kriegsparteien – wie der General sagen würde –
zuordnet.

Schließlich taucht das Schild vor ihnen auf.
Ganz in Schwarz Mit einem weißer Schriftzug
auf Altdeutsch: *Hier regiert Geyers schwarzer
Haufen.*

Wundervoll, denkt Latour. Wenn da noch stehen würde, *lasst alle Hoffnung fahren*, gerne auch auf Italienisch, hätte das Ganze noch mehr höllische Klasse.

*

»So, worauf können wir uns denn freuen, wenn wir einmal die Grenzen der Zivilisation hinter uns gelassen haben?«, hat Latour den General gefragt.

Beide waren in der beschwingten Phase – die meist kürzer ist, als die Erinnerung einem weismachen will.

»Oder ist das ein typisches Grenzphänomen wie die bösen Thraker hinter den Grenzen Athens oder die bösen Südamerikaner hinter der Grenze zu Mexiko?«

Der General lächelte. »Tatsächlich *untertreiben* wir hier eher gerne. Sonst würden wir nicht mit mindesten fünf gepanzerten Fahrzeugen anrücken. Wenn es denn sein muss.«

»Jetzt bin ich neugierig«, sagte der Diplomat lächelnd, und meint besorgt damit.

Er hat nach dem Bericht des Freistaates so Einiges an Schwierigkeiten vermutet, aber das alles klang eher nach Gerüchten denn barer Münze. Außerdem war ja ein Schurkenstaat ihr ausgemachtes Ziel, was würden da ein paar Unannehmlichkeiten mit der ansässigen Bevölkerung schon ausmachen?

»Es geht direkt mit einem Highlight los«, begann der General ganz in seinem Element. »Geyers schwarzer Haufen, schon mal gehört?«

»Ja«, erinnert sich Latour. »Eine Kampfeinheit während der Bauernkriege unter Florian Geyer. Haben einiges angerichtet. Bevor sie aufgerieben wurden.«

Der General nickte anerkennend. »Genau. Und die Version 2.0 des 21. Jahrhunderts hat ihre Zelte dort oben aufgeschlagen. Keine zehn Klicks hinter unseren Linien. Wir schätzen sie auf ungefähr tausend Mann. Sie sind ständig unterwegs, bewaffnet mit Handfeuerwaffen bis hin zu gestohlenen Panzern aus ehemaligen BW-Beständen. Ihre Befehlsstruktur ist schwach, gleicht eher einer schlecht organisierten Söldnertruppe.«

»Und was ist ihr Ziel?«

»Ich hätte gesagt, sie lieben das Chaos. Die Gewalt. Sie selbst würden es in ihren Traktaten als Tyrannenmord hinstellen.« Er holte Luft. Anscheinend gab es Dinge, die selbst einen Haudegen wie ihn aus der Fassung brachten. »In der Zeit des Umsturzes waren sie als eine der ersten an den Waffen. Haben Hunderte von Millionären aufgespürt und liquidiert. Auch einige Milliardäre waren dabei. Geklaut habe sie nichts, aber die Exekutionen waren brutal.«

Der Diplomat erinnerte sich an die Bilder und ihm lief es kalt den Nacken hinunter. »Na, da bin ich ja froh, dass wir so gut wie mittellos sind«, versucht er zu scherzen.

*

Die Scheiben sind dicht, ab jetzt übernehmen die Kameras: eine in der Front, eine hinten, jeweils eine an den Seiten. Die 360-Grad-Ansicht wird an die Fahrerscheibe projiziert. *Die hoffentlich kugelsicher ist.*

Draußen dämmert es. Der Verkehr wird weniger, die Fahrer aber eindeutig aggressiver. Nicht das erste Mal werden sie geschnitten und angepöbelt. Wieder brettert ein Korso an ihnen vorbei, Köpfe hängen aus den Fenstern und schneiden Grimassen, Waffen verschiedenen Kalibers werden hochgehalten.

»Formation auflösen.«

Ihr Transporter beschleunigt langsam, während die anderen zwei zurückfallen und auf Abstand gehen.

Ja, denkt, Latour, so *kommt vielleicht wenigstens einer von uns durch.*

Dann tauchen Lichter dreißig Meter über ihnen auf. Zwei Scheinwerfer, keine Rotorengeräusche, aber das überrascht ihn nicht.

Und noch bevor er sich automatisch eine geeignete Verhandlungsstrategie zurechtgelegt hat, fegt eine Salve aus irgendeinem Maschinengewehr über die Autobahn hinweg, reißt den Asphalt keine zehn Meter vor ihnen auf.

»Was haben wir denn hier für feiste Geldsäcke?«, schallt es clownhaft verzerrt aus einem Lautsprecher.

Der Heli hat sich jetzt ihrer Geschwindigkeit angepasst, seine Schnauze hat er ihnen entgegengereckt, und erste Silhouetten werden sichtbar. Tarnfleckuniformen, Masken, die hinter einem wirklich riesigen Maschinengewehr auf einer Lafette mächtig Spaß zu haben scheinen.

Das sind keine regulären Einheiten, überlegt Latour. Der Pilot hat es drauf, vielleicht ein ehemaliger, aber der Rest sind Freischärler. Übelste Sorte in Kriegsgebieten.

»Wir würden die erlauchten Herren gerne mal zu einer kleinen Unterredung bitten«, dröhnt es wieder.

Dann Gelächter und eine Flasche prallt gegen ihre Frontscheibe.

Wundervoll, denkt Latour, und erinnert sich an die Schatzinsel, sein Lieblingsbuch damals. *Und 'ne Buddel voll Rum.*

*

Fluchtreflexe erfassen ihn, sein Herz pumpt Adrenalin durch seinen Körper.

Die werden uns nicht einfach durchlassen, schießt es ihm durch den Kopf. *Die werden alles zerlegen und wer weiß was mit uns anstellen.*

Als die Roten Khmer die Macht übernommen haben, haben sie jeden erschossen, der eine Brille aufhatte, weil Brillen für Intellektuelle standen, und Intellektuelle für den schlechten Einfluss des Westens.

Heimlich gratuliert er sich zu seiner neuen Uniform, BW Pullover, schwarze Cargohose, sogar Springerstiefel.

Was könnten wir jetzt tun? Er überlegt fieberhaft, dabei sitzt er nicht mal am Steuer.

Wir müssen ausbrechen. Zickzackfahren, den Helikopter rammen. Wo ist eine Ausfahrt? Oder zurückfallen lassen, Geisterfahrer werden. Sie können nicht allen Transportern auf einmal folgen, denkt er, einen Moment hoffnungsvoll.

Schweiß steht auf seiner Stirn, als er in die rückwärtige Kamera schaut. Und zwei gepanzerte Fahrzeuge sieht, voll gepackt mit Bewaffneten, die johlend und wild um sich schießend näher und näher kommen.

*

»Anhalten. Wir haben keine andere Wahl.« Der Alte ist ruhiger, als Latour gedacht hätte. Zumindest klingt er ruhiger.

Ihr Transporter wird langsamer. Eine weitere Salve schlägt vor ihnen ein, ein oder zwei Kugeln schlagen durch ihre Kühlerhaube. Anscheinend wird der Schütze ungeduldiger – oder besoffener.

*

Dann kommen sie zum Stillstand.

Die Frontkamera ist ausgefallen, vielleicht ein Querschläger. Die hinteren zeigen den Rest ihres Konvois, ebenfalls bewegungslos, die Seitenkameras sind auf die gepanzerten Jeeps gerichtet.

»Sehr zuvorkommend, die Herren«, dröhnt es wieder spöttisch, diesmal in Bodennähe. Der Chopper scheint also gelandet zu sein. »Meine Mitarbeiter werden jetzt mit der Kontrolle beginnen. Ich bitte Sie in Ihrem eigenen Interesse, die Hände zu heben und keine hastigen Bewegungen zu machen.«

Wieder Gelächter, und Latour überlegt, ob es ihr ausgemachter Wunsch ist, einen Grund für die Ballerei zu finden. Ober ob sie überhaupt einen brauchen.

Das *wäre* es dann also *gewesen*, denkt er, als das Außenmikro schwere Schritte auffängt. Armeestiefel nähern sich dem Wagen. Dann wird die Tür ihres Fahrerhauses aufgerissen. Wütendes Geschrei brandet ihnen entgegen, dann durchsieben Schüsse die Fahrerkabinen. Alle Fahrerkabinen.

Und in einem kleinen Waldstück, irgendwo weiter im Westen, hat der alte Mann genug gesehen.Und schaltet die Kameras ab.

*

Starke Eichen säumen die Lichtung, ihre Blätter im Herbstton. Der Mond ist verhangen, Licht scheint nur schwach von den drei Bildschirmen, die jetzt, wo die Horrorshow vorbei ist, von den zwei Brüdern und einer Schwester zugeklappt werden. Sie zerlegen die Steuerknüppel, als hätten sie im Leben nichts anderes getan.

Der Diplomat atmet auf und blickt sich um. Anscheinend ist er der Einzige, der aufgeregt war. Seine Kameraden gehen schweigsam ihren Arbeiten nach, machen ihre neuen Gefährte startbereit. Die drei kasten- oder doch eher eierartigen Objekte sind drei mal zwei Meter lang, mit Rädern dran, um sie zumindest ein bisschen nach Auto aussehen zu lassen.

Sras, die sich endlich zu angemessenen Bandagen hat überreden lassen, schaut gelangweilt. When bespricht etwas mit dem jüngeren Bruder,

der eben noch einen Zehntonner per Joystick gelenkt hat, als würde er als Super Mario bei Donkey Kong Fässern ausweichen. Dann scheint sein Freund Latours Blicke zu bemerken und kommt zu ihm herüber.

»Ihr hättet mich warnen können«, sagt der Diplomat und denkt an die plötzlichen Kommandos des älteren Ordensbruders, der anscheinend binnen 1,2 Sekunden von Märchenonkel auf Superspion umschalten kann.

Er hat seine Überraschung nicht verbergen können, als die Kampfeier aus den Laderäumen gerollt kamen, nur beladen mit jeweils zwei Säcken Supersamen (der Rest war Tarnung), die anscheinend mehr hergeben, als das Auge zu sehen vermag.

»Wir waren nicht sicher, ob wir diese Finte überhaupt benötigen.« When lächelt schuldbewusst.

»Anscheinend schon«, entgegnet der Diplomat schnippisch, auch wenn er nicht wirklich böse sein kann. Der Trick hat ihnen schließlich den Hintern gerettet. Wahrscheinlich hätte er es nicht anders gemacht und einen Außenstehenden nicht eingeweiht. »Und was kommt als Nächstes? Klappen wir unsere Falträder aus, die sich versteckt im Hinterraum dieser ... Dinger befinden, falls uns das nächste Mal jemand an den Kragen will?«

When lacht. »Ich glaube nicht. Aber Tricks und Täuschungen sind nicht mein Spezialgebiet«, antwortet When, und blickt in Richtung des alten Mannes.

»Dann müssen wir uns das nächste Mal etwas anderes einfallen lassen. Wenn wir *überhaupt* ankommen wollen. Dieses Mal war schon sehr knapp.«

Beide schweigen kurz, und der Diplomat fragt sich im Stillen, ob er der Einzige ist, der es merkwürdig findet, wie punktgenau die Räuber ihren Konvoi erwartet haben.

»Ja«, antwortet When. »Aber es ist nicht mehr so weit. Ab dem Königsforst stehen wir unter dem Schutz des Stadtrates. Bis dahin nutzen wir die Nacht, meiden die großen Straßen. Unsere Autos sind Allrad angetrieben, mit denen kommen wir überall durch.«

Jetzt muss Latour doch lächeln, als er den Bruder das erste Mal über Maschinen, und noch besser, Autos reden hört.

Also hast du auch als kleiner Junge Spielzeugautos gesammelt und staunend an einer Baustelle verharrt, um den Baggern zuzuschauen.

»Das klingt nach einem Plan.« Er nickt When zu, so hoffnungsvoll wie es geht.

Dann steht plötzlich der ältere Mann mit seiner Brille, die er anscheinend nicht für die Fernsteuerung des Trucks gebraucht hat, neben ihm, und bittet sie, aufzubrechen.

Wieder ganz der nette Märchenerzähler, denkt Latour kopfschüttelnd. Na ja, es kann wohl kaum von Nachteil sein, dass ihr Märchenerzähler mal eine Zeit lang in Pullach gewohnt hat.

*

Feldwege.

Irgendwo parallel zur A 4, irgendwo in der Nähe des einst malerischen Städtchens Reichshof.

»Ist das alles? Klingt wie ein Spaziergang.« *Falls man gerne durch ein Minenfeld spaziert*, denkt Latour grimmig, als ihm die illustre Schilderung der Machtverhältnisse, die in der Blauen Banane herrschen, ins Gedächtnis kommt. Der General hat nicht zu viel versprochen.

Jenseits der Windschutzscheibe ihres Kampfeis, das sich genauso unbequem anfühlt, wie es aussieht, kann er in tiefschwarzer Nacht ohnehin nicht erkennen, Sras und die anderen fahren mit Lichtverstärker.

When hat die Augen geschlossen, also lehnt sich auch der Diplomat zurück und erinnert sich.

*

Der General schenkte Latour noch mal ein. Inzwischen hat der Adjutant eine zweite Flasche

166

gebracht. »Fangen wir bei dem oberen Teil des Spektrums an. Mit dem schwarzen Haufen habe ich Sie wohl ein bisschen verschreckt.«

Eine Feststellung.

»Ein wenig. Ja.«

»Es ist aber nicht alles so den Bach runtergegangen. Nur das Meiste. Nach dem Reichstagsbrand und der Ultradezentralisierung ging es zu wie in einem Pistolenduell zweier schießwütiger Cowboys. Wer als Erstes am Abzug war, hat gewonnen.«

»Wie an den meisten Orten der Welt. Aber das so etwas in Deutschland passiert ...«, sagte Latour und erinnert sich an sein Heimatland. An die algerische Flagge auf dem Eiffelturm.

Nirgendwo in Europa waren die Ausschreitungen schlimmer gewesen, die Polizei machtloser. Auch die Legion konnte nicht überall sein. Also nahmen die wackeren Bürger ihr Schicksal selbst in die Hand, wie schon vor Jahrhunderten.

»Wir saßen seit Jahrzehnten auf einem Pulverfass. Wer hätte das gedacht?«, sagte der General sarkastisch. »Es ging einfach alles so schnell. So muss es sich für die Menschen nach der Danziger Beschießung angefühlt haben. Nach der Nachricht, dass zurückgeschossen wurde.«

Der Soldat schwieg für einen Moment.

Vielleicht fragt er sich, warum wir uns so schwer-

tun, uns an Friedenszeiten zu erinnern, wenn die Kriege so an unseren Gedanken zerren.

»Aber zurück zu der Zeit nach dem Brand. Viele Behörden haben schon in den ersten Stunden ihre Arbeit eingestellt. Die Heimatschutzregimenter haben sich als ineffizient herausgestellt. Die Polizei war erwartungsgemäß überfordert. Interessanterweise hat die Feuerwehr für ein wenig Ruhe sorgen können.«

Der General drehte das Glas in der Hand, ließ den Whisky hin und her schwappen.

»Der Heimatschutz konnte nur Münster halten, ihre Basis, und einige umliegende Dörfer. Bonn wurde vor allem durch ansässige Nato- und UN-Truppen verteidigt. Die meisten sind mittlerweile abgezogen, aber die Stadtregierung dort ist relativ stabil. Die Grenzen zu Köln werden natürlich scharf bewacht.«

Latour nickte. »Was ist mit dem Flughafen? Dem Duisburger Binnenhafen? Eifeltor?«

»Der Flughafen steht unter der Kontrolle Kölns. Deshalb eure Fahrt ins Blaue. Wenn wir den Flugverkehr nicht einschränken, tun es die unzähligen Irren, die immer noch alles vom Himmel holen, was am Horizont auftaucht. Der Hafen und der Bahnhof stehen unter dem Schutz eines Wirtschaftskonsortiums: EON, Aldi, Bayer. Es kommt immer wieder zu Gefechten, aber mit den Jahren hat es wirklich jedem gedämmert, dass *nichts* mehr zu beißen da ist, wenn man wirklich *alles* kaputt macht.«

Er machte eine kurze Pause, nippte am Whisky.

»Das war das obere Spektrum. In der Mitte haben wir viele Gemeinden, die integer und unwichtig genug waren, um die Strukturen und damit den Frieden aufrechtzuerhalten. Tapfere Bürgermeister haben die Ordnung bewahrt. In anderen hatte die Polizei genug Präsenz, um sich zu etablieren.«

Amtsknechtswahn ist eine davon, dachte er und musste immer lächeln, wenn er an den Namen dachte.

»Einige Großstädte befinden sich in Clangewalt. Oder in der Gewalt mehrerer Clans. Oder Zünfte. Oder Gaffeln. Aber das wissen Sie bereits. Ihre Gruppe begibt sich ja direkt in ihr Herz.«

Der Diplomat nickte etwas verlegen und wusste nicht mehr, ob er sich als Held oder Idiot fühlen sollte. *Was soll's. Wahrscheinlich ist der Unterschied ohnehin sehr gering.*

*

Unteres Spektrum

»Ganz unten wird es dann richtig interessant.« Der General hatte jetzt so richtig Vergnügen daran gefunden. Als würde er sämtliche Attraktionen eines Themenparks beschreiben. »Das ist wie zu Zeiten einer Pandemie: vom Mensch zum Tier innerhalb von achtundvierzig Stunden.«

Der Diplomat wusste, was gemeint ist. Die Erste war bei Weitem nicht die Schlimmste, und nichts gegen die Zeit des Umbruchs, aber das erste Mal ist das erste Mal.

»Ja. Die Menschen tun merkwürdige Dinge, wenn sie in Panik geraten.«

Am Anfang war es nur absurd. Die Hamsterkäufe, die leeren Regale. Doch dann kamen die Länderchefs, und spielten für kurze Zeit Diktatoren. Menschenrechte verschwanden, als hätten sie niemals existiert. Nachbarn schwärzten einander an, wie zu den besten Zeiten der informellen Mitarbeiter. Polizisten wurden seelenlose Befehlsempfänger, prügelten alte Menschen durch die Gassen und machten Jagd auf Jugendliche, die um fünf nach neun noch auf den Straßen waren.

»Und wenn die Ordnung zusammenbricht, wird alles noch schlimmer. Viel schlimmer.« Der General rief seinen Adjutanten herein und gab einen Befehl. Anscheinend konnte selbst sein Elefantengedächtnis nicht mit allen Auswüchsen zurechtkommen.

»Wo immer die Staatsmacht zusammenbrach und die Integrität der Gemeinde nicht stark genug war, übernahmen meist stammesstrukturähnliche Gebilde die Führung«, begann der Adjutant seinen Vortrag. »In den größeren Städten waren das die Clans, die bereits auf eine hervorragend aufgestellte Organisation zurückgreifen konnten. Deshalb ihre Handlungsschnelligkeit.«

Der General nickte ihm wohlwollend zu.

»Konzerne konnten an verschiedenen Orten ihr Gebiet verteidigen und mittels Sicherheits- und Söldnerarmeen expandieren. Meist im Verbund. Aber je ländlicher und abgeschiedener die Gemeinde, umso skurriler wurde es. Oftmals übernahmen religiöse Vereinigungen die Amtsgeschäfte. Kirchen und Moscheen wurden zu zentralen Gebäuden – quasi zu Regierungssitzen. Oftmals ging das unblutig zu. Manchmal kam es aber auch zu Sektenbildung unter den Fanatikern oder Endzeittheoretikern. Ein Kult mit mehreren hundert Mitgliedern hat sich wieder der nordischen Mythologie zugewandt und lebt im Teutoburger Wald wie unsere Vorfahren.

Ökofaschisten haben ihre Biobauernhöfe zu Festungen ausgebaut und machen Jagd auf jeden, der kein lupenreiner Veganer ist.«

Latour lächelte, bis er merkt, das er der Einzige ist. »Das ist kein Scherz?«, fragte er verwundert.

»Nein. Und es kommt sogar noch besser.«

Dagegen war meine Afghanistan Mission ja wirklich überschaubar, dachte der Diplomat zurück. Da gab es nur fünf verschiedene kriegsführende Parteien.

»Auf einigen Schlössern haben alte Adelsgeschlechter wieder ihre Herrschaft proklamiert. Mit Herrschaftsinsignien. Audienzen. Das ganze Programm.«

»Interessant«, sagte Latour, weil er nicht wusste, was er sonst dazu sagen sollte. Und weil er Gedanken an einen Nachfahren Karls des Großen vertreiben wollte, der plötzlich hoch zu Ross mit Lanze in der Hand vor ihm stehen würde, um das neue Frankenreich auszurufen.

*

Frieden 1

»Noch ein Letztes.« Der General sprach einige Kommandos in seinen Commlink. »Ich bin ein Frontsoldat, aber ich bin auch nicht blind. Ich weiß, dass Ihre Mission und das gleichzeitige Auftauchen einer Atombombe kein Zufall sein können – egal was mir meine Vorgesetzten verkaufen wollen.« Er machte eine Pause und schaut den Diplomaten scharf an. »Vor allem nicht, weil ich weiß, *wer* Sie begleitet.«

Er zog seine Handfeuerwaffe aus dem Holster, überprüfte ihre Funktionstüchtigkeit. »Patrouille«, sagte er auf Latours fragenden Blick. »Wie gesagt, ich bin ein Frontsoldat. Also?«

»Ich bin zur Geheimhaltung verpflichtet«, antwortete Latour ernst. »Aber ich verheimliche ungern etwas vor den einzigen Verbündeten, die wir hier oben haben.«

Verheimlichungen beginnen erst so richtig, überlegte er, *wenn die Verhandlungen beginnen.* Er wog seine Worte sorgfältig ab.

»Also ja, es könnte sein, dass der Hilfstransport nicht die einzige Mission ist, die wir haben.

Und ich nicht der Einzige bin, der sich bei der kommenden Schacherei beweisen kann.«

Der General nickte dankbar. »Dann ist er es. Ihr Bruder.«

Latours Gesicht blieb unbewegt, das des Generals schien sich hingegen das erste Mal richtig zu entspannen. Plötzlich sah er aus wie ein alter Mann.

»Dann bin ich froh, dass wir helfen konnten.« Er zögerte. »Auch ich habe geträumt in dieser Nacht. Wie wir alle. Und meine Familie auch: meine Frau, meine drei Kinder. Sie hat uns alle gerettet.«

»Ja.«

Beide schwiegen, schauten zu Boden.

Eine Patrouille nahm vor dem Zimmer Haltung an, wartete auf ihren Vorgesetzten.

»Ich bin müde, mein Freund. So müde. Ich will Frieden.«

»Ja«, antwortete Latour leise. *Frieden.*

»Es geht um mehr als nur um diese Bombe, nicht wahr? Es geht um alle Bomben. Alle Waffen. Und die Finger, die die Knöpfe drücken werden. Oder nicht.«

Einmal mehr wusste der Diplomat nicht, was er sagen sollte.

Kurz drückte der General Latour die Hand. »Ich wünsche Ihnen alles Glück der Welt. Und ihm.« Dann ging er aus der Tür. Latour öffnet

wieder mühsam die Augen und sieht das Feuer
in der Ferne.

*

Abbendroth

»Aussteigen.« Ihre Stimme ist aus Eis, ihre Augen sind auf die Meute gerichtet.

Desorientiert, aber mechanisch öffnet der Diplomat die Tür.

»Ich könnte ...«, beginnt When.

»Zu spät. Zu viele.«

Jetzt hört auch Latour die wilden Schreie keine zweihundert Meter entfernt. Schatten tanzen um ein Feuer, vielleicht fünfzig oder hundert.

»Pat. Kat. An meine Seite. Lichter aus.« Sras nimmt das Nachtsichtgerät ab, dann schaltet sie die Scheinwerfer an. Auf Fernlicht.

»Verstanden«, hallt es aus dem Lautsprecher, fast wie digitale Stimmen.

Latour ist draußen. Irgendwo knallen Schüsse. Er versucht sich die Augen zu reiben, aufzuwachen aus diesem Albtraum.

Auch When steigt jetzt aus, das erste Mal, dass Latour ihn hastig sieht.

»Viel Glück, Schwester«, sagt er, um seine Ruhe kämpfend. Greift in seine Weste und legt einen Taser auf den Beifahrersitz.

Sras nickt. Ihre Augen sind fast weiß. Dann drückt sie das Gaspedal durch.

*

Rechts und links von Sras drehen ihre Schwestern ab, verschwinden für einen kurzen Moment in der Dunkelheit.

Sras streift sich den Schulterverband ab, wirft einen kurzen Blick auf den Taser.

Noch hundert Meter. Und das Feuer wird höher und höher, die Schreie der Gestalt an der Spitze des Scheiterhaufens lauter.

Zu langsam, denkt sie, während sie versucht, keinen Meter zu verschwenden, immer nur auf der optimalen Linie zwischen sich und dem Scheiterhaufen zu bleiben.

*

When und der Diplomat schauen still dem Geschehen zu. Ihre restlichen Kameraden sind jetzt bei ihnen. Niemand ist da, der getröstet werden muss, auch wenn er das gerne hätte.

»Sie werden es schaffen«, sagt der alte Mann zu ihm.

Latour schaut sich verzweifelt um. Eine Waffe. Nur eine verdammte Waffe. Dann beginnt das Trommelfeuer.

Bitte, bitte gepanzert, denkt er verzweifelt, während er sich nicht an das Gewicht der Kampfeier erinnern will. Und wie leicht sie die Rampe bei der Verladung runterfuhren.

∗

Sras taucht unter das Armaturenbrett ab. Die ersten Schüsse sind unplatziert. Überraschungseffekt. Die nächsten Salven jagen knapp über sie hinweg, dann schlagen sie in die Windschutzscheibe ein.

Gut, denkt Sras. *Schon so nah, dass sie kaum noch vorbeischießen können.*

Dann kommt der erste Aufprall. Mensch, Mensch, Mensch mit Waffe, Mensch, versucht sie herauszuhören. Jetzt fühlt sie ein Zwicken in der Wade, dann eines in der Schulter. Dann ein weiterer, heftiger Aufprall.

Das muss der Holzstapel sein, schießt es ihr durch den Kopf, während sie in den Gurt gedrückt wird und ihr kurz die Luft wegbleibt.

Dann betritt sie eine Welt, in der Gedanken zu langsam sind, um wertvoll zu sein.

∗

Ein Mädchen schreit auf, als der kleine, schwächliche Wagen in die Menge fährt, Leiber überrollt oder wegschleudert. Sras zieht die Schüsse auf sich und kracht in den linken Teil des Holzstapels. Der Wagen wird von mehr als nur Handfeuerwaffen durchlöchert, Öl blutet aus den Wunden. Fratzen, die ihren Schock überwunden haben stürmen auf das Auto.

Bitte, sei am Leben. Bitte, steig aus, denkt Latour. *Nein, bitte steig nicht aus. Flieg davon.*

Er hat Tränen in den Augen. Sieht, wie sich der brennende Holzstapel neigt und über dem Auto zusammenkracht.

Dann öffnet sich die Tür.

*

Sie explodiert förmlich den ersten zwei Angreifern entgegen, die nach hinten katapultiert werden, immer noch wild um sich schießend. Ein Schatten taucht auf, Bodennähe, und fünf Angreifer fallen, als hätte sich die Erde unter ihnen aufgetan. Dann schließt sich die Meute um sie und nichts ist mehr zu sehen für einen Moment.

*

Kleine Lichtblitze zucken im Duett, während Sras, immer noch in Pumahaltung, mit Tasern durch die Menge pflügt.

Aus den Augenwinkeln nimmt sie das Opfer wahr. Der Balken, an den sie gefesselt ist, liegt jetzt längs auf dem Auto, das Feuer leckt an ihren Füßen.

Knurrend schlägt Sras zwei Angreifer k. o., benutzt den nächsten als Sprungbrett und landet auf dem Dach.

Immer den High Ground suchen, eine Doktrin der Kriegsführung.

Aber nicht, wenn man von schießwütigen Irren umgeben ist, denkt sie, und verzeiht und verflucht sich gleichzeitig, für den Gedanken, der vielleicht ihr letzter ist.

Dann beginnt aufs neue Geschrei, Körper fliegen durch die Luft, werden überfahren, rechts und links.

Pat. Kat. Sras nutzt die Gelegenheit, um das schluchzende Mädchen von den Fesseln zu befreien.

Noch mehr Geschrei. Kein irres Jubeln mehr, nur noch Schmerzensschreie.

Gut. Genau das, was ich hören will.

*

Königsforst

Langsam kommen die Ausläufer des Waldes in Sicht. Die Sonne geht bereits hinter ihnen auf, dringt durch den Nebel.

Latour ist am Steuer, versucht krampfhaft, langsam zu fahren. Neben ihm sitzt Schwester Jude, die Heilerin, wie er mittlerweile weiß. Und Sras. Die aufgehört hat, die Sitze voll zu bluten.

Er reißt seinen Blick von ihr los. Schaut nach rechts auf den zweiten Wagen, der übrig ist, und ungefähr genauso ramponiert aussieht wie ihrer. Drin sitzt der alte Herr am Steuer, neben ihm der schweigsame Kwint und das Mädchen.

Und auf den Dächern halten sich When und der Rest der Truppe so tapfer wie es geht, aber Latour kann es förmlich fühlen, die Nässe auf der Haut, die Kälte.

Also versucht er, eine stetige Geschwindigkeit beizubehalten, die ganze Nacht hindurch schon, auch wenn sein Instinkt sagt, er solle das Gaspedal in das Erdreich durchdrücken, um sie ins Krankenhaus zu bringen.

*

»Wir lassen niemanden zurück. Niemals«, hat der alte Mann auf den Vorschlag der zwei Kriegerinnen geantwortet, die sich als nichts als Ballast anzusehen schienen.

»Denk nach, Bruder«, hat Pat entgegnet, während sie sich einen Verband um die Fleischwunde am Arm wickelte. »Wir haben nur noch zwei Fahrzeuge übrig, die kaum noch fahrtüchtig sind. Und Sras und das Mädchen brauchen ein Krankenhaus.«

Und du nicht?, dachte der Diplomat, während er die Prellungen im Gesicht der kleinen Irin betrachtete.

»Was sagst du, Bruder?«, wendet sie sich an When. »Dich an den Zielort zu bringen, ist unsere Mission. Alles andere ist zweitrangig.«

Alles andere?, dachte Latour plötzlich traurig. *Oder alle anderen?*

»Wir lassen niemand zurück«, sagte When bestimmt. »Die von uns, die noch Kraft haben, gehen auf die Dächer und machen sich irgendwie fest.« Er blickte zu Latour, dann zu dem alten Mann. Seine Stimme hat sich gewandelt, ist kühler geworden. »Ihr fahrt. Am besten schön vorsichtig.« Dann kletterte er auf das Dach eines der eingedellten Kampfeier. »Wenn jemand runterfällt, melden wir uns«, sagt er zu Latour und zwang sich zu einem Lächeln.

*

So haben sie einige Kilometer zwischen sich und den Mob gebracht. Nach der Fahrzeugattacke haben die Irren zwar nicht mehr besonders kampflustig ausgesehen, aber sicher war sicher. Außerdem wusste niemand von ihnen, was hier noch so aus den Löchern gekrochen kommen würde in der Nacht.

Hinter einer verlassenen Scheune hatten sie schließlich kurz gerastet.

Sras war da schon ohnmächtig, die Heilerin kniete über ihr, anscheinend eine Kampfchirurgin von der Front, so wie sie mit dem Skalpell hantierte.

»Sie ist nicht ohnmächtig«, erklärte Jude, als sie Latours besorgte Blicke bemerkte. »Sie hat nur ihren Metabolismus auf ein Minimum zurückgefahren.«

Und es stimmte. Ihr Puls war fühlbar, eindeutig, aber nur noch bei zwanzig Schlägen, ihr Atem kaum mehr vorhanden.

Latour nickte ihr dankbar zu und tat so, als würde ihn das beruhigen. »Was ist mit dem Mädchen?«, fragte er und schaute zu ihr hinüber.

Sie ist in Decken gehüllt, in die Leere starrend, während der Junge ihre Notfusion überprüfte.

»Kwint kümmert sich um sie. Sie ist im Schockzustand und dehydriert. Dazu ein paar Brandwunden, aber sie wird überleben.«

Latour nickte. Schritt um die Autos herum, überprüft Reifen, Motor.

»Werden sie durchhalten?«, fragte When.

»Eure Ärztin ist optimistisch«, antwortete Latour und wünschte sich, er hätte mehr Zeit in Schrauberwerkstätten verbracht, als er noch jung war. »Das Pannenspray hat funktioniert. Das Ölleck ist zwar nicht ganz abgedichtet, wird aber reichen. Viel werdet ihr für die Kisten allerdings nicht mehr bekommen, fürchte ich.« Er lächelte und hoffte, dass das Adrenalin auch noch bis zum Morgengrauen durch seine Adern fließen würde. Und dass sein Gehirn nicht gerade jetzt damit anfinge, gewisse Dinge aufzuarbeiten. Wenn es nach ihm ginge, sollte es niemals damit beginnen.

»Wir sind bereit«, sagte der alte Mann. Seine Brille scheint verloren gegangen zu sein. »Hoffen wir, dass wir einen netten Empfang bekommen. Und das nächste Krankenhaus nicht allzu weit entfernt ist.«

*

Schnell finden sie die ehemalige Bahntrasse. Ohne niedrig hängende Äste, wie Latour so dankbar feststellt. Oft hat er nach oben geschaut und in den Rückspiegel, aber immer nur tapferes Lächeln gesehen, und wie sie sich gegenseitig festgehalten haben; die Irin, klein, aber eine Figur wie ein Linebacker, die eher When gehalten hat, als umgekehrt. Kat, die Russin, hat ihren Fuß im halb offenen Fenster verkeilt und beobachtet schweigsam die Gegend.

Aber es ist zu früh für unliebsame Begegnungen. Und es gibt zu viel Nebel. So kommen sie unbehelligt und ohne Kontrollen durch.

Alte überwucherte Bunkeranlagen tauchen aus dem Nichts auf, Gedenksteine sind zu sehen, ehemalige Wanderwegweiser rotten im Tau vor sich hin.

Dann schlägt Sras die Augen auf. Die Sani lächelt sie an, überprüft die Verbände. Latour blickt halb auf die Straße, halb in ihre Augen.

»Habe ich was verpasst?«, fragt sie etwas schwach und richtet sich auf.

*

Das Treffen

»Sende ein SOS-Signal, Original-ID«, weist der Diplomat seinen KB an. *Wenn wir sie nicht finden, finden sie hoffentlich uns.*

Der Wald ist dichter geworden, aber wenigstens hat der Nebel sich gelichtet. *Eine schöne Gegend zum Wandern,* überlegt Latour, *wenn die Umstände ein wenig anders* wären ...also die Wanderer weniger zerschossen wären als sie gerade.

Er versucht, Schlaglöcher zu vermeiden und dicke Wurzeln zu umkurven, was ihm aber nur mäßig gelingt.

»Ich bin in Ordnung«, sagt Sras ein wenig genervt, als er ihr wieder einen kurzen Blick zuwirft. »Wenn du nicht in den nächsten Baum donnerst, wird das auch noch eine Weile so bleiben.«

»Ich gebe mir Mühe«, antwortet Latour, trotziger als geplant. Aber wenn wir schon einmal so weit sind ... »Das war das Mutigste, was ich jemals gesehen habe.«

»Es war *notwendig*«, erwidert sie, und der Diplomat erkennt, dass er fürchterlich unterliegen wird, wenn es um die Härte in der eigenen

Stimme geht. »Außerdem lagen die Chancen auf Erfolg bei über fünfzig Prozent.«

Nur die Chancen, ohne Verluste aus dem Pandämonium vom Lande hinauszukommen, waren nicht ganz so hoch, denkt er.

»Ich hätte gerne geholfen.« Er meint es ehrlich.

Und sie lacht auf und hält sich den Bauch.

Die Schwester zwischen ihnen, eben noch Lebensretter, versucht anscheinend gerade, einen flüssigen Aggregatzustand anzunehmen, um in die Ritze zwischen den Sitzen zu fließen.

»Verzeihung. Das ist wirklich sehr nett von dir. So ein Verhalten habe ich schon lange nicht mehr erlebt. So ehrenhaft.« Sie hat sich wieder beruhigt.

»Und so dumm. Ich verstehe«, bemerkt er trocken. Dann geht er zum Angriff über. »So dumm, wie sich zusammenschlagen zu lassen, nur um schwach zu wirken?«

Sie wirkt nicht überrascht. »Das war nicht dumm. Das war Vorbereitung.«

»Worauf um Himmels willen?«

»Auf unsere wahre Mission. Was denkst du, Freund, wie wir Zugang zu den Verhandlungen erhalten. Durch bitten?« Sie richtet sich auf, schaut ihn scharf an.

»Ich weiß es nicht. Uns wird etwas einfallen.« Er versucht, lässig zu klingen.

»*Das* ist dumm. Ich hatte einen Plan. Einige

der Ratsmitglieder sind Kampfsportfans, die meisten sind Zocker. Ich wollte jemanden herausfordern. Bei einem Sieg hätten sie uns Zugang gewährt.«

»Und bei einer Niederlage?«

»Keine Ahnung. Darüber habe ich nicht nachgedacht.«

*

»Delegation Freistaat Awaria«, dröhnt es auf einmal aus seinem Commlink. »Hier spricht eine Abordnung der Freien Stadt Köln. Sie sind ein bisschen ab vom Kurs, aber wie sagen Sie da unten so gerne? *Das passt schon.*«

Anscheinend wird jeder zum Komiker, sobald er vor einem Funkgerät sitzt.

»Verstanden, Freie Stadt Köln.«

»Wir schicken Ihnen die Koordinaten. Sie können uns kaum verfehlen. Ein Sanitätsteam steht bereit.«

»Vielen Dank«, antwortet Latour, dann studiert er die eingehenden Koordinaten. »Noch drei Kilometer«, sagt er und hebt den Daumen, aber der andere Wagen hat wohl mitgehört. Alle strahlen ihn an. Selbst die Ärztin lächelt.

Nur Sras schaut finster. »Wenn die denken, dass ich mich auf eine Trage von ihren Metzgern lege, haben die sich gründlich getäuscht.«

»Ich werde bei dir bleiben, Schwester. Und bei den anderen Verwundeten.«

Sras nickt dankbar.

»Na ja, zumindest machst du jetzt wirklich einen äußerst schwachen Eindruck«, riskiert der Diplomat, dem jetzt irgendwie auch alles sozialtechnische egal ist.

Die Ärztin lächelt vorsichtig.

»Ja. Und dieses Mal musste ich mich nicht einmal zurückhalten«, lügt Sras.

*

Endlich erreichen sie eine Lichtung. Keine Sekunde zu früh. Pat muss mittlerweile alles geben, um den friedlich schlafenden When zu halten, und scheint sich in einer Trance zu befinden, so bleich sieht sie aus. Die Energieanzeige des Kampfeis ist bei zwei Prozent und mehr haben die Mitglieder ihrer Gruppe auch nicht mehr im Tank.

»Bitte stehen bleiben, meine ehrenwerten Gäste«, dringt es aus einem Megaphon.

Latour hält an und sieht den Mann mit dem Gerät, groß und breit. Vier Männer stehen um ihn herum, Schnellfeuerwaffen in den Händen. Hinter der Gruppe warten zwei Sanitäter in Weiß. Es muss noch mehr Bewaffnete hinter den Bäumen geben, wenn er Sras scharfen Blick in den Wald richtig beurteilt.

Keine Autos. Nur eine Trambahn, die aussieht wie ein Rammbock aus dem Mittelalter. Und die Nummer neun trägt.

*

Köln

»Ich habe vernommen, dass Sie gewisse ... Schwierigkeiten überwinden mussten, auf dem Weg in unsere wundervolle Stadt?«

Latour muss fast laut auflachen. Aber das würde zu sehr hallen, in dieser Empfangshalle, die der Vertreter des Vertreters des Vertreters des stellvertretenden Stadtrates ausgewählt hat, um sie willkommen zu heißen.

Außerdem ist seine Truppe jetzt zu formell angezogen, gewaschen, rasiert und verbunden – genäht und getaped, um ganz genau zu sein – , als dass Straßengebaren jetzt noch eine Option wären.

»Geringfügig«, antwortet Joseph, der ältere Herr, jetzt anscheinend in seiner Rolle als Diplomat.

Ich muss schnell etwas sagen, denkt Latour lächelnd, *sonst bin ich meinen Job los.*

»Aber das war zu erwarten«, meldet er sich zu Wort, und reicht ihrem Gegenüber die Hand. *Wird langsam Zeit, dass ich mein Geld verdiene.* »Um so schöner ist es, jetzt hier zu sein.«

Der Stellvertreter lächelt dankbar. »In absehbarer Zukunft werden unsere Kontrahenten hoffentlich einsehen, dass unsere Stadt und der Städtebund keine Gefahr darstellen, und der Flugverkehr wird wieder florieren.«

»Das hoffen wir ebenfalls.«

»Wenn dann noch Kerosin zu Verfügung stehen sollte«, sagt einer der Begleiter des Magistrates.

Latour lächelt pflichtschuldig.

»Ihre Unterkunft ist zu Ihrer Zufriedenheit? Verzeihen Sie bitte das Aufgebot an Wachen, aber Sie haben sich eine etwas ... schwierige Zeit für Ihre Ankunft ausgewählt. Heute ist eben der Tag vor dem 11.11. Und auch wenn diese Stadt noch so sehr belagert, gebrandschatzt, überfallen und gedemütigt werden sollte, eine Sache wird immer bleiben: der Karneval.«

»Das verstehen wir sehr gut. Und die Unterkünfte übertreffen unsere Erwartungen«, sagt When.

Was für jemanden gelten mag, der sich in einer winzigen Zelle wohlfühlt, denkt der Diplomat, nickt aber zustimmend.

»Ihre Fahrt mit der Trambahn war angenehm, hoffe ich?«, fragt ihre Empfangsdame wieder in einem höflichen Ton, der wohl tausendmal vor dem Spiegel einstudiert wurde.

»Ja«, bestätigt Latour, bevor When etwas sagen kann.

Lass mich das machen, Kleiner, du darfst noch früh genug mit deinen Superkräften glänzen.

»Ihre Stadt ist sehr facettenreich.«

Zu viele Menschen mit Waffen, und Latour erinnert sich an die Fahrt in dem Rammbock, während seine Augen halb auf seinen Kameraden lagen, und halb durch die gepanzerten Fenster der Linie neun blickten. Die Schäden aus der schrecklichen Zeit des Umbruchs waren immer noch sichtbar durch Schutthalden und zerschossene Häuserwände.

»Und so erfrischend vielseitig.«

Vorsicht, Eric. Keine Lügen, nicht zu dick auftragen. Die Wahrheit in ein schönes Licht rücken.

Was ihm schwerfällt. Zu bewacht waren die Grenzen zwischen den einzelnen Herrschaftsgebieten. Zu schlank, fast drahtig die meisten Menschen, keine Wohlstandswampe weit und breit. Außer bei dem Magistrat natürlich.

»Es freut mich sehr, dass Ihnen unsere Stadt gefällt. Die letzte Jahre waren schwierig«, ein Wort, dass der Stellvertreter zu lieben scheint, »aber wir Kölner sind ein zähes Volk. Und den Spaß lassen wir uns schon dreimal nicht verderben.«

Womit er recht zu haben scheint. Überall hat der Diplomat die Leute lachen sehen. Nicht wie in Awaria dieses tiefe, achtsame Lächeln, nein, ein heiteres, trotziges Lächeln.

Wo habe ich das das letzte Mal gesehen?, fragt sich Latour und erinnert sich. Und vermisst sie.

Und gibt es endlich zu, vor sich, dass er an sie denkt. Wie sie jetzt wahrscheinlich tief durchatmet, um sich nicht über die Kleider ohne Stretch zu beschweren. Er stellt sich vor, wie sie im Zimmer auf- und abgeht wie ein Puma und es kaum erwarten kann, ganz Köln zu verhauen, um an die Bombe zu kommen – oder Frieden zu schließen.

Was für sie wohl eher eine untergeordnete Rolle spielt, schätzt Latour, aber was weiß er schon.

»Bitte verzeiht meine Redseligkeit, liebe Freunde«, sagt der Stellvertreter, dem Latours abwesender Blick wohl nicht entgangen ist. »Sie sind immer noch erschöpft. Bitte ruhen Sie sich aus. Heute Abend wird es ein kleines Bankett Ihnen zu Ehren geben. Unsere Eskorte wird sie um 19 Uhr abholen. Wir wollen, dass Sie sich so wohl wie möglich fühlen, bevor Sie morgen den beschwerlichen Weg in Ihre Heimat antreten.«

When, Joseph und Latour bedanken sich, verlassen die Empfangshalle und steigen sie in die Autos.

Du irrst dich, mein Freund, denkt Latour und spürt einen gewissen ... Kampfgeist in sich. Auch in den Falkenaugen des alten Mannes meint er

es zu bemerken, und Whens Aura ist ... irgendwie rot, findet er.

*Beschwerlich wird es bestimmt werden. Und wir
gehen auch wieder nach Hause.*

Nur nicht morgen.

*

Hotel l'amour

Tatsächlich hängt ein großes Neonherz über dem Eingang, und ein romantisches ist es, fehlen doch all die Arterien, Klappen, Venen die ein Herz so realistisch und nützlich machen. *Und so verwundbar.*

Leider leuchtet es nicht, denkt When. Er wundert sich schon, seit sie die Stadt betreten haben, über all die Lichter, die so überflüssig sind, wenn man lernt, in der Dunkelheit zu sehen. Und verstanden hat, wie kostbar Strom ist.

Aber dieses Herz sollte leuchten, findet er. So wie die Statue seiner Schwester vor der Entschweren-Akademie oder die Hand vor der Ausrasten-Akademie der Schwestern.

Vermisse ich etwa schon meine Heimat?, fragt er sich, während er ihre Eskorte davonfahren sieht.

Er blickt durch die Straßen, die jetzt im Halbdunkel liegen, und fühlt die Energien. Aber nicht die ruhigen Ströme, die Awaria durchziehen, sondern Leid und Schmerz und ein trotziger Wille, der mehr und mehr ansteigt, sich ausbreiten und austoben will. Anscheinend ist der Karneval hier eine wirklich große Sache, überlegt er. Als wenn wir nicht schon genug Masken und Verkleidungen tragen würden in unserem gewöhnlichen Leben.

»Kommst du, Freund?«, fragt Latour, bereits auf den Treppenstufen des kleinen Hotels.

»Ja«, sagt When lächelnd, und tritt unter dem dunklen Herzen hindurch.

*

Junge, denkt sich der Diplomat, während er durch die Lobby und an der Rezeption vorbeigeht. Mit When an seiner Seite nimmt er die ersten Treppenstufen. *Hoffentlich schaltet der Junge langsam mal auf Betriebstemperatur.*

Sie passieren drei Stockwerke eines anscheinend raucherfreundlichen Hotels, so gelb, wie die Wände sind. Anderen Hotelgästen begegnen sie dabei nicht, der Tourismus scheint seit dem Umbruch merklich nachgelassen zu haben. Bis auf den Katastrophen- und Kriegstourismus natürlich, den Deutschland wahrscheinlich traditionellerweise gerne anderen Ländern überlassen hätte.

Vor der Zimmertür, sie haben drei, jeweils mit Doppelbett, aber die Mädels scheinen *ihr* Zimmer zum Hauptquartier ernannt zu haben, stehen Kat und Pat lächelnd, als die bestaussehenden Türsteher, die er je gesehen hat, findet der Diplomat. Vielleicht sollte er seinem Vater mal den ein oder anderen Hinweis geben, was Personalentscheidungen angeht.

»Passwort?«, fragt die Russin mit einem Blick, der selbst die aufgebrachte Menge vor einem Kiez-Nachtklub zum Schweigen gebracht hätte.

»Ernsthaft?«, fragt der Diplomat verwirrt.

Patricia blickt unschuldig zu Boden, When findet plötzlich irgendeine Deckenlampe unglaublich interessant. Und da ist es wieder: das falkenartige Lächeln.

Kat zwinkert ihm zu. »Richtig. Ihr könnt passieren« sagt sie und öffnet die Tür.

»Sehr freundlich«, entgegnet der Diplomat und lächelt unbeholfen zurück.

Klar, lachen wir uns über den Sonderling kaputt, denkt er. *Weil er nie weiß, wann wir gerade mal die Heiligen spielen und wann die Komiker.*

Dann betritt er das Zimmer, von außen so unscheinbar. When ist hinter ihm, dann Pat und Katja, die die Tür hinter ihnen schließt.

*

Kriegsrat

»Abhörgeräte?«, fragt Josef, der Name anscheinend mit ph geschrieben und wahrscheinlich irgendein Deckname.

Der Junge, Kwint heißt er, oder so nennt er sich, verneint. Vor ihm liegen einige Geräte, die wohl etwas mit Überwachung zu tun haben müssen. Allerdings kann Latour nicht erkennen, ob es sich um ein Gerät oder den Teil eines Gerätes handelt.

Fragend schaut der Spion, oder ehemalige Spion, denkt Latour, an das Fenster, an dem Sras ab und zu durch einen Rollladenschlitz blickt. Sie schüttelt den Kopf. Keine Schonhaltung, Verbände sieht man auch nicht mehr. Wie aus dem Ei gepellt, denkt der Diplomat. Man sollte nicht meinen, dass die Hinfahrt so manche Komplikationen beinhaltet hat.

Aber ihr lebt in der Gegenwart, das habe ich inzwischen verstanden. Die Vergangenheit ist nur eine Geschichte, die erzählt wird. Und die man beenden muss. Am besten jetzt.

»Dem Mädchen geht es gut. Sie wird gut versorgt«, sagt Jude. Früher hat sie an der LMU

Innen gearbeitet, nachdem sie in diversen Konflikten Soldaten auf dem Schlachtfeld zusammengeflickt hat. »Ihr Wunsch ist es, mit uns zu kommen. Nach Awaria. Ich halte das für eine gute Idee.«

When nickt. »Ja. Sie ist eine von uns, das habe ich bereits gespürt, als ich sie das erste Mal gesehen habe.«

»Sie wird keine von *uns*, aber manchmal seid ihr Sensitiven ja auch mal zu etwas nützlich«, sagt Pat und lächelt When an.

Der lächelt zurück.

Na gut, also teilen sie auch untereinander aus, denkt der Diplomat zufrieden und fragt sich, wann er das letzte Mal höflichen und friedensstiftenden Bullys begegnet ist.

»Dann können wir beginnen.«

Wieder bilden sie einen Kreis wie in Siegen damals, vor einer Ewigkeit. Nur dass dieses Mal keine Geschichten erzählt werden.

*

»Wir haben Informationen von unserer Kontaktperson erhalten«, beginnt Joseph, und Latour fragt sich, *wann* genau das geschehen sein könnte.

Früher, als die USA noch nicht unter einer Decke wabernden, ätzenden Nebels verborgen war, von dem keiner wusste, wo der hergekommen ist, haben sie ein hübsches Wort für eine Operation wie diese hier gefunden: Clandestine.

»Die Konferenz findet wie erwartet einen Tag früher statt als geplant. Alle Teilnehmer scheinen bereits in Köln eingetroffen zu sein und in den Startlöchern zu stehen. Bis auf eine Partei, aber über die wissen wir ohnehin nichts Genaues. Nur, dass sie mit Spannung erwartet wird.«

Du bist als Black-Ops-Onkel nicht so gut wie als Märchenerzähler, aber immerhin, denkt Latour

»Auch die Info über den Ort, an dem die Konferenz stattfindet, hat sich bewahrheitet.«

Ihre KBs sollten zuerst eingesammelt werden, nach Whens Eingreifen wurden ihnen aber nur die Akkus entfernt. Anscheinend haben ihre Gastgeber doch ein gewisses Misstrauen, was ihre friedliebenden Gäste aus dem malerischen Süden angeht. Und als der betagte Herr einen Ersatzakku aus der Tasche zaubert, zeigt sich, dass sie nicht so unrecht damit haben.

Sobald ein perfektes Hologramm des Kölner Doms aufblitzt und den Raum mit all seiner Schönheit erhellt, geht dem Diplomat für einen Augenblick durch den Kopf, dass die Sache hier vielleicht doch eine Nummer zu groß für ihn sein könnte.

*

»Die älteste Baustelle der Welt«, murmelt er und erinnert sich an den Geschichtsunterricht.

»Ja«, sagt Joseph. »Und das einzige Gebäude, das während des Umbruchs keine einzige Kugel abbekommen hat. Keine einzige der Kriegsparteien hat sich der Kathedrale genähert. Als eine Bombe der ehemalige Streitkräfte fast in das Kirchenschiff eingeschlagen wäre, haben sich einige der streitenden Parteien sogar für kurze Zeit verbündet.«

Er will seine Brille zurechtrücken, bis er merkt, dass diese irgendwo in Abendrot verschwunden ist.

Die Senilität kaufe ich dir nicht ab, alter Mann, denkt der Diplomat.

»Der Ort ist allen Gaffeln heilig. Das Territorium um ihn herum ist konfliktfreies Gebiet. Keine Streiterei. Nicht einmal Waffen.«

Patricia und Katja lächeln sich an. Auch der Diplomat ist erleichtert.

Also können sie uns nicht direkt über den Haufen ballern, wenn wir dort unangemeldet auftauchen, denkt er.

»Die Aufklärung hat ihre Rolle erfüllt. Jetzt sind wir dran.«

Latour blickt in die Runde.

Jude bereitet irgendwelche Pillen vor. Der Junge scheint überprüft zu haben, was vor ihm auf dem Tisch lag, und ist dabei, alles zu verstauen. Die Mädels lächeln wieder wölfisch, als gäbe es Freibier auf der nächsten Karnevalsparty. When hat die Augen geschlossen, Sras blickt den Diplomaten schweigend an.

Hände übereinanderlegen und irgendeinen Kampfruf ausstoßen fällt heute wohl aus, denkt Latour.

Der Spion ergreift noch einmal das Wort. »Jeder weiß, was er zu tun hat. Wir sehen uns auf der Konferenz.«

Wortlos reicht ihm die Ärztin ein paar Tabletten, die er schluckt. Dann wird er ohnmächtig.

*

Teil Zwei

Wer sich finden will

»Ich wusste, dass die Ärger machen. Hatte ich im Urin.«

Verwirrt schaut der Muskelprotz erst den einen Kumpanen an, dann den anderen.

»Ich auch, Boss«, sagt die Anabolika-Version von ihm kameradschaftlich, der andere zuckt nur hilflos die Achseln und packt sein Sturmgewehr fester, sozusagen als helfende Hand, selbst wenn es Nichts gibt, was man abschießen könnte.

Von seinen Getreuen keine Unterstützung erhaltend, blickt der Mann der Stunde, denn er hat ja die Verantwortung hier, denkt er verbittert, noch mal über den kleinen Platz. Vielleicht hat er ja etwas übersehen, grübelt er hoffnungsvoll, schließlich ist es ja noch früh, und ein Frühaufsteher war er noch nie gewesen. Aber nein, alles leider wieder so wie vor 15 Sekunden noch.

Der Treffpunkt – Sammelpunkt für die Ökotouristen aus Ontario oder Alanya, er hört bei Briefings nie so genau zu. Die Eskorte ist da, auch ihre drei Fahrzeuge sind da, sowie der Ökoschrott der Südländer, der wieder zusammen-

geflickt wurde, und eines ihrer Autos mit Panze-
rung und Lafette drauf – nur für den Fall.

Nur von den Ökotouristen ist nichts zu sehen,
außer einem schmächtigen blonden Jungen.

*

Joseph

Der Abend zuvor.

Alle in Galauniformen, vor dem Hotel. Nur der alte Herr scheint einen Kreislaufzusammenbruch erlitten zu haben, was nicht verwunderlich ist, denkt man an den Stress der letzten Tage, und befindet sich auf dem Weg ins Krankenhaus.

Seine Getreuen haben ihm noch gute Besserung gewünscht und sich gefreut, dass das Krankenhaus so einen gute Ruf hat.

Und direkt in der Innenstadt liegt.

*

»Das wird schon wieder«, hatte der nette Arzt gesagt, und ihn aufmunternd angelächelt. Auch die Krankenschwestern waren so lieb zu ihm, die Krankenfahrer fast so witzig wie die des ARK.

»Vielen Dank, Herr Doktor«, hatte der alte Herr schwach erwidert. »Ich hoffe, ich bin morgen früh wieder genesen. Wir müssen den Heimweg antreten. Um acht glaube ich, werden wir abgeholt. Ich stamme nicht von hier, wissen Sie, und der Aufenthalt gilt nur bis morgen.«

»Das habe ich bereits erfahren«, sagt der Arzt hilfreich. »Ich habe schon alles in die Wege geleitet. Bürokratie hin oder her, Sie stellen einen ärztlichen Notfall dar und gehören damit in meinen Zuständigkeitsbereich. Wir müssen Sie noch mindestens einen Tag beobachten. Keine Sorge, bis morgen Abend müssen Sie nirgendwohin.« Freundschaftlich berührt der Arzt seinen Arm.

»Das ist sehr nett von Ihnen, Herr Doktor. Vielen Dank«, antwortet der Patient hoffnungsvoll.

*

Sras

»Das ist ja eine wundervolle Geschichte«, sagt die Kambodschanerin lachend, während sie Arm in Arm mit dem Magistrat die nächste Kneipe ansteuert. »Ich hätte nicht gedacht, dass Beamte *so* einen Sinn für Humor haben.«

Beide haben das Bankett früh verlassen, noch vor dem Muuze. *Anscheinend hat unser Kontaktmann recht behalten, und dieser Mensch besitzt doch mehr Macht, als man ihm zugetraut hat*, denkt Sras, immer noch amüsiert schauend.

»Na ja, Beamter bin ich noch nicht lange. Ich stamme aus der Zunft der Handwerker. Eigentlich rede ich also gar nicht so gerne. Wir packen lieber *an*«, sagt er, zweideutig lächelnd, was Handwerker also anscheinend nicht wirklich drauf haben.

»Das klingt hervorragend«, sagt sie, und weicht einem Kussversuch aus, so langsam, dass es fast echt aussieht, während sie gleichzeitig den Reflex in sich unterdrückt, den Liebesbeweis mit einem sanften Handkantenschlag zu erwidern.

»Läuft das so hier in Köln? So schnell?«,

schimpft sie zum Schein, erhebt sogar anschuldigend die Stimme.

»Wir haben Karneval, meine Liebe«, sagt er lachend. »Natürlich läuft es so.«

Sie lächelt schüchtern, was ungefähr das Schwerste ist, was sie an diesem Abend meistern musste, aber anscheinend wirkt es. »Sie haben doch bestimmt private Gemächer, wo es einer Dame erlaubt ist, der Lust zu frönen *und* ihre Würde zu wahren.« Jetzt blickt sie verschwörerisch.

»Ich habe eine Wohnung. Sogar mit Blick auf den Kölner Dom!«

Sie lächelt dankbar und haucht ihm einen zarten Kuss auf seine Handwerkerwange. »Das ist ja wirklich wundervoll.«

*

»Zentrale, hier Eskorte eins. Wir haben ein Problem.«

Der Boss wartet auf die Bestätigung. Seine Leute haben das Hotel abgesucht und keine Spur von ihnen gefunden.

Der Rezeptionist und die wenigen Zimmermädchen – eigentlich auf ihrer Gehaltsliste und ihre Augen und Ohren – waren auch keine Hilfe. Anscheinend ist niemand von dem Bankett gestern in die Zimmer zurückgekehrt. Außer dem

Jungen, der lächelnd mit einer Tasche über der Schulter einsam und verlassen auf dem Platz steht.

»Unsere Besucher sind weg.«

»Was heißt *weg*?«, hallt eine gefühllose Stimme aus dem Funkgerät.

Muss ausgerechnet diese hochnäsige Sekretärin aus dem Präsidium heute Dienst haben, bei der er auf dem letzten Karneval abgeblitzt ist? Dabei ist er sogar einer der wenigen, der einen Original BMW mit Benzin vorweisen kann.

»Nicht am besprochenen Platz. Sie hätten heute abreisen sollen.«

»Wissen wir«, antwortet die Stimme gelangweilt und er stellt sich vor, wie sie schon fast gleichzeitig ihre Nägel lackiert und über ihren KB die Lachnummer verbreitet.

»Sprechen sie von allen Personen?«

»Nein, einer ist übrig«, antwortet er.

»Na, das ist ja was. Befragen Sie ihn. Und alle Anwesenden.«

»Das haben wir bereits getan.«

»Dann tun Sie es noch mal.« Wieder die Stimme, diesmal aber schneller, kompromissloser. »Wir verständigen alle Wacheinheiten und Krankenhäuser. Wenn unsere werten Gäste Opfer eines Verbrechens geworden sind, wird das unsere Stadt in ein schlechtes Licht rücken.«

Und dich ebenfalls, hört er mitschwingen. Un-

ausgesprochene Drohungen sind die schlimmsten.

»Verstanden. Wir durchkämmen die nähere
Umgebung. Überprüfen die Kameras Und alle
Transportmittel. Wir werden sie finden. Es sind
nur ein paar Körnerfresser.«

»Die Ihnen durch die Lappen gegangen sind«,
erinnert sie ihn kühl. »Und wenn ihnen nichts
angetan wurde, kann ihr Verschwinden nur
eines bedeuten.«

Ja, denkt er, plötzlich hellwach. *Spionage.*

*

When und das Paket

Wieder gestern.

Die Freude schien echt zu sein, erinnert sich der Diplomat, während er an Whens Seite durch eine schmale Gasse geht. Er hat längst die Orientierung verloren, aber der Bruder scheint zu wissen, wo ihr Ziel liegt.

Überschwänglich hatte sich der Magistrat – umgeben von einigen anderen Vertretern verschiedener Zünfte, die übrig geblieben waren, nachdem der Pulverdampf sich verzogen hatte – bei ihnen bedankt. Dabei hatte er immer wieder auf die drei Jutesäcke gewiesen, die, fast schon als Stars des Abends, inmitten der rechteckigen Tischformation aufgestellt worden waren.

Und es sind wirklich noch drei, denkt der Diplomat, und erinnert sich an Sras anerkennenden Blick, als sie gemerkt hat, dass When doch tatsächlich die Geistesgegenwärtig hatte, den Sack vor ihrer Kamikazefahrt aus dem Kofferraum zu holen.

Na ja, zumindest weiß ich jetzt, wie ich dich beeindrucken kann, denkt er und ein mulmiges Gefühl beschleicht ihn.

»Wir danken unseren Gästen aus Awaria sehr für ihre Unterstützung. Dass sie den weiten Weg auf sich genommen haben, beweist uns ihre Loyalität und den Willen zu Kooperation und Partnerschaft. Dass sie ihre Technologie mit uns teilen, hat uns gezeigt, dass selbst in diesen Zeiten noch Vertrauen und Freundschaft zählt. Auch auf der große Bühne.« Der Magistrat lächelt in die Runde und hebt sein Glas. »Auch wir hoffen, in nicht zu ferner Zukunft ein gleiches Maß an Frieden, Wohlstand und Fortschritt zu erreichen, wie das im Land unserer Freunde geschehen ist.«

Auch die Brüder und Schwestern strahlen jetzt ihre Gegenüber an und erheben die Gläser. Überall sieht er echte Zuneigung, wirklich echt, muss der Diplomat feststellen, und er fragt sich ernsthaft, ob er das mit der Geheimoperation noch vor einer Stunde vielleicht nur geträumt hat.

Er blickt sich um und entscheidet, dass er den Kölnern Unrecht getan hat. Der Saal ist nichts Besonderes und hat wahrscheinlich nicht mal eine Geschichte, anders als die allermeisten Gebäude in diese uralten Stadt, aber er ist intakt. Und sauber. Kerzen – wahrscheinlich eher Mangelware hier – sind aufgestellt worden. Sogar Bedienstete sind da, bringen diverse Speisen, auch wenn die Portionen überschaubar sind. Selbst die Offiziellen scheinen etwas höher auf der Leiter zu stehen, mindestens die dritte oder vierte Prinzengarde.

Während sich die Hauptdarsteller für das Grande Finale schick machen, denkt sich Latour und prostet dem Magistrat anerkennend zu.

*

Dann ging alles schnell.

Sras hat er schon vor dem Gebäck aus den Augen verloren, die Ärztin wurde zu einem Notfall geholt, der sich in der Nähe des Saales ereignet hat. Sie verpassten den Halven Hahn, den die gewieften Köche tatsächlich aus Erbsenextrakt herstellen konnten. *Wir ziehen wirklich eine Spur des Vegetarismus quer durch Deutschland*, dachte der Diplomat lächelnd.

Übrig geblieben waren nur die beiden Weithosen, die sich aber irgendwie ihre stereotypen Getränke hatten besorgen können, wofür der Diplomat natürlich nur größte Hochachtung hatte. Den ganzen Abend schütteten sie sich mit ihrer Eskorte so zu, dass weder Freund noch Feind morgen noch stehen können wird. Er selbst hatte sich nett mit den verbliebenen Granden unterhalten.

Dann war When gekommen, und irgendwas Merkwürdiges war mit ihm.

Der Diplomat kann sich kaum erinnern, so erfreut war er plötzlich, ihn zu sehen, und so nett fand er plötzlich diese Feier und all diese wunder-, wundervollen Menschen.

Gerne wäre er geblieben, aber When hatte sie alle nur angelächelt, sie beide entschuldigt, war durch den Haupteingang nach draußen geschritten, und hatte nur Menschen zurück gelassen, die die Welt um sich einfach nur so friedlich fanden. Und so wunder-, wunderschön.

*

Die dunkle Gasse scheint kein Ende zu nehmen. Verkleidete und Vermummte gehen an ihnen vorbei. Einige schwanken passend zu ihrem Piratenoutfit, andere gehen immer noch so stolz, wie es ihre Ritterrüstung von ihnen verlangt, oder immer noch so gewichtig, wie es ihre Polizisten Schrägstrich Sicherheitsfirma Schrägstrich Kontrolleurs oder Soldatenuniform einfordert – was wahrscheinlich daran liegt, dass es echte Soldaten oder Polizisten sind.Oder waren.

Latour schluckt kurz und hofft, dass es keiner merkt. Aus einer vollgepackten Bar kommt eine Gruppe Hexen heraus, mit Besen und hässlichen Nasen, das volle Programm. Darunter ist auch die eine oder andere Hübsche, die ihre Schönheit nicht verbergen kann.

Wenn ihr wüsstet, denkt er, während er einen Shot irgendeiner braunen Flüssigkeit von einer der hübschen Hässlichen angeboten bekommt.

»Tut mir leid. Nicht im Dienst«, sagt er lächelnd.

Auch When lehnt dankend ab, während er eine dunkle Ecke begonnen hat, zu fixieren.

»Und als was seid ihr denn verkleidet, ihr zwei Süßen?«, sagt eine andere, die mit ihren Zöpfen und den künstlichen Verbrennungen im Gesicht so gar nicht nach Hexe aussieht und eine Kerze in der Hand hält.

Eine rote.

»Wir sind Spione auf geheimer Mission, aber nicht verraten«, sagt der Diplomat, bevor er die Verkleidung versteht. Mit großen Augen blickt er When an und ist froh, dass sein Bruder besser atmen kann in dem Moment als er.

*

Es hat zu regnen begonnen, aber der feine Nieselregen reicht nicht, um die feierwütigen Massen vertreiben zu können.

When und Latour kämpfen sich durch die Hexen und ihre männlichen Begleiter, die in eher neumodischen Kostümen verkleidet sind und noch lauter Karnevalslieder gröhlen als alle anderen. Nun verschmelzen sie mit der Häuserecke, die dank der niedrig hängenden Balkone nicht von der Leuchtreklame erhellt wird.

Es riecht nach Urin, aber gerade ist zum Glück keiner da, der diesen Ort als einladende Gratis-Toilette auserkoren hat.

»Sagst du mir, was wir hier tun?«, erkundigt sich Latour. Warum ist er die ganzen Einsatzpläne durchgegangen, wenn ohnehin jeden Tag etwas gänzlich anderes auf dem Programm steht?

»Warten«, sagt When ungewöhnlich unhöflich. Für awarische Verhältnisse.

Du bist nervös, Bruder, schießt es ihm plötzlich durch den Kopf, und dieser Gedanke macht den Diplomaten nervös.

»Denkst du, uns ist jemand gefolgt?«, fragt der Diplomat hilfreich.

»Nein. Oder besser unwahrscheinlich.«

»Gut«, sagt Latour und blickt hilflos auf seinen nicht vorhandenen KB.

Dann, nach einer Weile, die schon fast unnatürlich ereignislos vergeht, streichen Scheinwerfer kurz über sie und die Hauswand, und Latour hört Türen schlagen, während er seine Augen schließt, um dem Licht zu entkommen.

Dann steht plötzlich eine Gestalt vor ihnen, ungefähr seine Größe, schlank, im Nonnenkostüm, das Gesicht nicht erkennbar.

»Ihr habt es geschafft. Gut«, sagt eine Stimme

unter der Maske, weiblich, eher jung, und fast
nur ein Flüstern.

Schön, denkt Latour und erinnert sich an die
zarten Hände so vieler Frauen und an die zarten
Stimmen, die ihn am Morgen geweckt hatten.

»Folgt mir. Es ist alles vorbereitet.«

When nickt fast mechanisch, bevor er nichts
mehr empfinden kann. Außer einer Angst wie
schon lange nicht mehr. Und hellem, loderndem
Zorn.

*

»Was war das vorhin?«

Die verkleidete Frau ist weg, ohne weitere
Worte zu verlieren, das Auto auch.

Jetzt sind sie in einem Zimmer, so nah an der
Kathedrale, dass sie ein Joghurttelefon dorthin
spannen könnten. Spartanisch, zwei Betten, ein
Fenster. Ein Meditationskissen. Eine Wanne, die
gefüllt ist.

Mit Salzwasser, wie der Diplomat bemerkt, dessen Schädel brummt wie ein Bienenschwarm.

»Nichts«, sagt When abwesend, während Latour den Kühlschrank nach einem Eisbeutel ab-
sucht. Oder Stärkerem.

»Ich habe nur versagt. Unglaublich versagt.«

*

Whens Version

Ich hätte vorbereitet sein müssen.

»Was ist passiert?«

Eine Stimme dringt von ganz weit weg zu ihm, während er auf das düstere Gemäuer blickt.

Ich bin ein Wächter. Wir müssen immer vorbereitet sein. Auf alles.

Türme, die wie spitze Dolche in den Nachthimmel stoßen. Dunkle Tore, die eher wie Tore der Unterwelt anmuten, als wie Pforten des Himmels.

»Alles in Ordnung, Bruder?«

Wieder die Stimme. Ihre Zuneigung lässt ihn kurz erwachen, und für einen Moment will er teilen, den Schmerz, der ihn überkommt wie die Flut, die langsam einen flachen Felsen ertränkt.

»Ja. Vielen Dank«, antwortet er, und bringt ein Lächeln zu Stande. Aber Eric erkennt es, das spürt When, als er in die Augen des neuen Freundes blickt.

Dieser Mann hat kein Training, durchfährt es ihn wieder, aber er lernt schnell, Gefühle zu lesen, und mehr. Ohne Worte zu reden. Und in die Menschen hinein zu schauen.

Also tritt er den Rückzug an. »Ich bin nur erschöpft.«

»Was das angeht ...«, sagt der Diplomat, fast verlegen. »Vorhin als wir die Feier verlassen haben ... Ich weiß, dass du das warst.« Er macht einen Moment Pause. Trinkt einen Schluck aus einer aberwitzig kleinen Bierflasche. »Kann das jeder von euch? Freude verbreiten? Also, rein geistig?«

When lächelt dankbar, denn er weiß, dass all das eine Ablenkung sein soll. Und tatsächlich, es wirkt ein bisschen.

»Ruhe verbreiten. Auf die Ruhe folgt die Zufriedenheit. Und auf die Zufriedenheit die Freude.«

Latour bietet ihm eine der aberwitzig kleinen Bierflaschen an. Ramsdorfer Kölsch. When zögert kurz, dann trinkt er.

»Ja und nein. Jeder hat die Anlagen dazu. Je öfter und intensiver sie trainiert werden, umso stärker werden sie und umso mehr Menschen kann man erreichen. Ich werde es dir beibringen.«

Wenn ich es noch kann.

»Du meinst, du musst.« Der Diplomat lächelt. »Damit unser Plan gelingt.«

When schaut kurz auf, überrascht.

»Ich konnte nicht überhören, *wer* das Paket von uns ist. Und wer hineingeschleust werden soll. Mit diesem Trick. Keine Sorge, ich nehme es nicht persönlich.«

When nickt dankbar. Dann prosten sich beide noch einmal zu, und er geht ins Bad. Zieht seine Kleidung aus und gleitet in das kalte, salzige Wasser.

*

Habe ich an dich gedacht, in den Jahren, die zurück liegen? Ja. Zu oft, selbst nach dem Maßstab unserer Freunde, und viel zu oft, um den Namen eines Wächters tragen zu dürfen.

Aber habe ich mir wirklich die richtigen Fragen gestellt oder habe ich nur geträumt?

Ja, entscheidet er. Er hat immer von ihrem Wiedersehen geträumt, aber wie hell war alles in seiner Fantasie, und wie haben ihre Augen geleuchtet, und wie zart war ihre Stimme; alles so, als wäre die Zeit stehen geblieben. Als wäre sie nicht verschwunden, nur mit einer letzten Nachricht – zu lang, um ihn grenzenlos enttäuscht zurückzulassen, zu kurz, um wirklich von Bedeutung zu sein.

»99,9 Prozent unserer Existenz besteht aus Erwartungen,« erinnert er sich an die Worte seines Lehrers.

Nicht an Cremp, der hat seine Feinfühligkeit nur einmal an Weihnachten und Valentinstag hervorscheinen lassen; nein, Meisterin Illuva, die ohne Vergangenheit.

»Und die meisten dieser Erwartungen sind im rechten Licht betrachtet völlig unrealistisch. Kurz: Träumerei«, hatte sie gesagt und dabei so mitfühlend geschaut, als ob sie gewusst hätte, was auf ihre Schüler zukommen würde.

Und was, Meisterin, kann ich tun, wenn diese Träumerei, diese Frau, ihre Umarmung, ihr Lächeln, ihre sanfte Stimme, selbst ihre Kälte und ihr Zorn nichts anderes sind als meine eigene Seele? Wenn ihre Existenz das Blut ist, das durch meine Adern fließt? Das mein Herz erst schlagen lässt?

Was ist, wenn all mein Einsatz für unsere Land, für die Menschen und für den Frieden, nur auf der Liebe zu ihr errichtet ist? Was, wenn ich Angst habe, dass ohne sie nur noch Kälte in mir existiert? Und der Zorn wieder die Herrschaft an sich reißt?

»Bruder? Es ist ... ähm morgen. Sollten wir nicht irgendwas ... unternehmen?«

Es klopft an die Tür. Öfters.

When schlägt die Augen auf. Seine Haut hat sich fast aufgelöst.

»Ich habe Angst. Furchtbare Angst«, flüstert er – zu sich oder zu seiner Seele weiß er nicht.

Gut, antwortet sie. *Dann können wir ja endlich beginnen.*

*

Vorbereitungen

Ihm ist so kalt, dass er nicht einmal mehr einen Unterschied wahrnimmt, zwischen sich und der Welt.

Bleibt von uns noch etwas, wenn unsere Sinne ihren Dienst einstellen? Wenn die Haut uns nicht mehr an die Luft erinnert, die um uns ist, wenn kein Schall mehr seine Wellen ausbreitet, um uns daran zu erinnern, dass es Geräusche gibt?

Und was ist, wenn das Bewusstsein zu müde ist, um mich daran zu erinnern, dass ich existiere? Und bin ich traurig, in dem letzten Moment, dem letztmöglichen, oder empfinde ich eine Freude wie nie zuvor?

»Guten Morgen. Frühstück steht auf dem Tisch.« Eric lächelt ihn an. Dann geht er in den Liegestütz, macht einige Wiederholungen.

»Vielen Dank«, sagt When, während er sich abtrocknet und ankleidet.

»Oh, ich habe das nicht bestellt, aber es ist lecker. Anscheinend kennt da jemand unseren Geschmack.«

Also deinen, korrigiert Latour, wegen des Linsenaufstrichs und so. Sein Frühstück fällt oftmals etwas üppiger aus, selbst ohne Frauen.

When lächelt schwach, fast ausgezehrt, wie Latour findet. Dann geht er am Tisch vorbei und blickt aus dem Fenster. Auf den menschenleeren Platz hinab, und den Dom, der den Eindruck macht, als halte er den Atem an, im Wissen um das, was kommen wird.

Ein regnerischer Tag, weiß Latour, und fragt sich, ob das gut für sie ist? Für ihre Operation?

Aber wenn er sich seinen neuen Bruder anschaut, und vergeblich auf das ruhige Strahlen wartet, an das er sich fast schon gewöhnt hat, fragt er sich, ob es noch eine Operation gibt.

*

»Du kennst unsere Kontaktperson, nicht wahr? Diese Frau?«

Latour versucht sich daran zu erinnern, wie ihn Freunde und Verwandte, manchmal die Mutter, manchmal der Vater, und manchmal im Verbund als Intervention, versucht haben zu retten. Aus den Armen einer Femme Fatale. Er versucht, sich an eine Stimme zu erinnern, mahnend, mitfühlend.

Bis er merkt, dass er niemals gerettet werden musste. Dass er noch nie verstanden hat, was Menschen so sehr bindet, egal, ob es an einen Ort oder eine Person ist.

Also versucht er, den Lehrer zu spielen, ohne die geringste Ahnung von der Materie zu haben.

»Willst du darüber reden?«

Wäre nicht das erste Mal, denkt er.

*

When wendet sich vom Fenster ab. Richtet seine Uniform. Atmet durch. Niemand sucht sich diese Momente aus. Er erinnert sich. In schönen Zeiten die Ruhe zu finden ist einfach. Bequem. Sie kommt einem manchmal fast zugeflogen. Die Ruhe aber in Zeiten des Trübsinns zu finden, das erschafft wahre Kraft. Diese Augenblicke zu meistern, erschafft die Wächter.

Nicht unsere Geburt macht uns besonders, nicht unser Besitz oder unsere Trophäen, nicht unsere Abstammung oder unser Aussehen. Nur, was wir in jenen Momenten vermögen, macht uns zu Auserwählten.

»Ja, Freund. Vielen Dank für dein Mitgefühl. Und verzeih mir meine Schwäche.« Er streicht langsam das Meditationskissen glatt, legt es sorgsam auf das Bett. Dann legt er ein gewöhnliches Kissen auf den Boden und nimmt darauf Platz. »Ich würde mich sehr freuen, mit dir darüber zu reden.«

Er seufzt und Latour hat plötzlich das Verlangen, diesen kleinen schmächtigen Kerl in die

Arme zu nehmen, so sehr fühlt er dessen Bürde auf ihm lasten, oder auf sich, er weiß es nicht in diesem Moment.

»Aber jetzt ist nicht der richtige Moment. Es ist eine lange Geschichte. Die Zeit braucht, vor allem wenn ein Awarianer sie erzählt.«

Und da ist es wieder: ein Lächeln, zumindest ein kleines.

»Außerdem ist es schon spät und wir haben eine Aufgabe.« Damit weist er auf das Kissen und nimmt die Lotushaltung ein. »Lass uns beginnen.«

*

Meditation

»Eric, stell dir bitte eine Musikanlage vor. Du sitzt-« When bricht ab, als er den Diplomaten hin- und herwackeln sieht wie einen betrunkenen Matrosen nach einer durchzechten Nacht in einer Hafenspelunke. »Schneidersitz ist vollkommen ausreichend«, sagt er, während er lächelnd zuschaut, wie der Diplomat versucht, in den Lotussitz zu kommen. »Ich habe Jahre dafür gebraucht. Also für den Halben. Wir sind und bleiben Europäer, auch wenn die Sitzhaltungen eher aus dem Osten kommen. Wichtig ist eine aufgerichtete Wirbelsäule«, sagt er. Dabei denkt er dankbar an seinen unausstehlichen Lehrer und legt seine beiden Handflächen ineinander.

Latour lächelt erleichtert, als er es sich im Schneidersitz bequem macht. Also einigermaßen bequem, denkt er, und schon jetzt sehnt er sich nach einem wirklich bequemen Sessel – mit oder ohne Zigarre und Whiskytumbler.

»Das kann ja was werden«, entfährt es ihm, fast unbewusst, als sein Geist weiterwandert; erst zu der Yogalehrerin, die seinem Vater Unterricht gegeben hat – unter anderem in Yoga – , und die er heimlich aufgenommen hat, um die Videos dann für teuer Geld an seine Kumpels zu verkaufen. Und ja, später waren da auch die ein oder andere Yogalehrerin oder Yogastudentin dabei, was er zwischen den Linnen hochachtungsvoll in Erfahrung bringen konnte.

»... auf die Knie oder im Schoß übereinanderlegen«, sagt When gerade.

Latour versucht sich krampfhaft von den Kurven loszueisen und zu rekonstruieren, was der Junge, oder sollte er ihn Meister nennen, gerade gesagt hat.

»Übrigens, ich bin kein Meister. Da aber niemand sonst verfügbar ist, übernehme ich diese Aufgabe.«

Jesus ist nicht mehr da. Auch Buddha ist gegangen, hatten seine Meister gesagt, alle von ihnen, was wirklich eine Seltenheit war, so uneinig wie die Rishis sich sonst waren – ob zum Spaß oder nicht, wusste damals keiner.

Wir aber sind hier. Wir sind hier. Also müssen wir den Job übernehmen, ob es uns gefällt oder nicht. Warten und Maulaffen feilhalten oder die Finger davon lassen, weil wir uns nicht für gut genug, für würdig genug, für wertvoll genug halten, ist keine Option. Das hatte Cremp ihnen immer wieder eingebläut.

Den ich verprügeln werde, vor der ganzen Akademie, wenn das hier vorbei ist. Auch wenn ich aus dem Orden fliegen sollte.

»... okay.«

Auch der *Meister* versucht jetzt zu rekonstruieren, was sein Schüler gerade von sich gegeben hat, während er trotzig den Gedanken zurückdrängt, dass hier gerade nicht so ganz alles nach Plan läuft.

»Aber noch eine Frage. Ich meine, bevor wir richtig beginnen.« Der Diplomat weiß überhaupt nicht, warum er so viele Fragen stellt. Vielleicht, weil sein Verstand jetzt schon dabei ist, seinen Frieden an die Wand zu fahren. »Warum gerade jetzt? Und gerade hier? Wäre ein schöner Zengarten im schönen Awaria nicht passender? In einer Meditationsgruppe oder ...« *Nein Eric, du denkst jetzt* nicht *schon wieder an eine hübsche Dame, bei der du hoffst, dass während der Lotushaltung ihr Tanga sichtbar wird, aus welchem Grund auch immer ...* »...mit Räucherstäbchen und so? Und bitte, Bruder, sag jetzt nicht, dass es nur *einen* richtigen Augenblick gibt, um zu meditieren.«

When lächelt. Latour lächelt ergeben zurück. Also wäre der Punkt geklärt.

»Wenn wir die Wächter passieren, werde ich uns beide unscheinbar machen. Wir werden so harmlos aussehen, dass uns niemand wirklich wahrnehmen wird.«

»Heißt das, du machst uns unsichtbar?«, fragt Latour und muss lachen.

»Nein. Das kann ich nicht. Ich würde eher sagen, ich mache uns so uninteressant, dass keiner Notiz von uns nimmt. Du würdest dich wundern, wie selektiv unsere Wahrnehmung ist. Einige Dinge, die direkt vor uns auftauchen, nehmen wird nicht wahr. Andere nehmen hingegen unsere ganze Aufmerksamkeit in Anspruch.«

»Ich verstehe«, sagt Latour, während ihm so Einiges klar wird. Wie sein Geist, und warum seine Wahrnehmung hin und her schwänzelt wie ein Affe, der immer wieder etwas Neues, Glitzerndes bemerkt.

»Ich kann mich selbst unscheinbar machen, und mehrere Brüder oder Schwestern mit mir. Hat zumindest schon öfters funktioniert«, sagt er lächelnd und Latour weiß, dass auch sein junger Meister in Erinnerungen schwelgt.

»Und mit einem Nicht-Awarianer? Sagen wir, mit mir zum Beispiel? Wie oft hat das geklappt?«

When macht eine kurze Pause, die viel zu lange dauert.

»Wenn wir beide unbeschadet in den Dom gelangen? Dann genau einmal.«

*

Meditation (jetzt aber in Echt).

»Noch irgendwelche Fragen offen?«, fragt

When hilfreich, aber Latour meint einen ganz, ganz leisen Vorwurf zu hören.

Dann nimmt der Awarianer ein paar tiefe Atemzüge, die *definitiv* vorwurfsvoll klingen, ist der Diplomat sich sicher.

»Einige. Aber für den *Moment*«, selbst er hat bemerkt, dass Wörter wie *Moment* oder *Jetzt* einen gewissen Stellenwert bei den Schwestern und Brüder haben, wie Bruttoinlandsprodukt, Dividende und Wachstumsrate in der Wirtschaft, als es noch eine gab. » ...bin ich ganz Ohr. Oder besser Geist«, sagt er und verkneift sich ein Lächeln.

When aber lacht kurz auf. »Keine Sorge, der Pfad zur Ruhe muss nicht trübsinnig und schwermütig sein.« Er sitzt jetzt mit geschlossenen Augen da, seine Stimme wird immer leiser. »Nur ein bisschen schweigen ist vielleicht von Nutzen.«

Der Diplomat verkneift sich eine Reaktion darauf. Stattdessen tut er es When gleich, legt seine Hände übereinander in seinen Schoß, die linke über die rechte. Dann nimmt er einen tiefen Atemzug.

So weit, so gut, Wunderknabe. Dann zeig mir mal, wie man sich uninteressant macht. Das wäre mal was Neues.

*

»Stell dir eine Musikanlage vor«, beginnt When noch einmal, seine Stimme eine Mischung aus leisem Singen und beruhigendem Hintergrundrauschen. Und vielen, vielen Pausen mittendrin. »Stell dir vor, du sitzt an den Reglern. Du hörst wundervolle Musik. Einige würden sagen, den Klang der Liebe, andere den Klang der Stille. Aber das ist letztlich gleichgültig.«

Der Diplomat nickt jetzt nur noch, weil er weiß, dass der Junge das fühlen kann. Plötzlich fühlt er den Ort, wo sein Herz ist. Nicht die ganze Zeit, aber ab und an kommt eine Welle, und eine Wärme fließt von dort aus durch seinen Körper.

Er ist das. Wie auf der Feier.

»Was aber geschieht, wenn wir den Regler ganz nach unten schieben?«

Eine Pause. *Ich muss nicht antworten,* fließt es plötzlich durch den Kopf des Diplomaten wie die kleines Segelschiffchen, die er immer so gemocht hat, auf einem Bächle in Freiburg. An eine Sommertag.

Ich muss nicht antworten. Ich muss nicht antworten. Ich brauche nicht zu antworten.

»Der Klang verstummt. Und wir hören nichts mehr von der wundervollen Musik. Diesen Zustand kannst du mit dem Tiefschlaf vergleichen. Dort ist nichts mehr, kein Wahrnehmender und nichts, das man wahrnehmen könnte.«

Und einige halten das bereits für den Endzustand,

die wahre Erleuchtung, denkt When kurz. *Und wer kann es ihnen verübeln?*

Aber er lässt den Gedanken ziehen, auch wenn es ihm schwerfällt. Aber das wäre zu viel für das erste Mal. Wieder merkt er, wie wichtig es für einen Lehrer ist, selbst wichtige Dinge von einem Schüler fernzuhalten.

»Weit schlimmer aber ist es, wenn wir den Regler bis ganz nach oben schieben.«

Der Diplomat versteht. Oder zumindest sein Kopf versteht, denn alles vom Hals abwärts scheint in einem Fluss langsam dahin zu treiben.

Wir leiden, denkt sein Kopf. *Unsere Trommelfelle leiden. Unsere Sinne, unsere Wahrnehmung.*

»Wir leiden. Unsere Ohren sind nicht gemacht für diesen Lärm. Wir können nicht mehr denken, selbst unsere Organe rebellieren gegen diesen Overkill. Das ist der Zustand, in dem sich die meisten Menschen befinden, vor allem in diesem Jahrhundert. Die Umgebung mit all ihrer Strahlung, ihren Worten, ihren Botschaften, ihren Maschinen macht es schlimm genug. Wir aber machen es noch schlimmer durch unser Superbewusstsein. Unsere Sucht, alles aufzunehmen und zu verarbeiten. Mit unserer Lust nach Geltung. Wir schalten niemals ab.«

Schweigen. Der Diplomat weiß nicht mehr, ob er Whens Stimme noch hört, akustisch, oder ob

sie in seinem Inneren begonnen hat zu pulsie-
ren.

Ich muss nicht antworten. Sprechen.
Ich muss nicht denken. Ich muss nicht denken.

»Dieser Regler ist unsere Bewusstsein. Und
dieser Regler kann verschoben werden. Von der
absolute Stille im Tiefschlaf bis zur absolute
Bewusstheit. Von uns, hast du verstanden, Eric?
Von uns.«

Der Kopf des Diplomaten nickt. Hinter seinen
Augenlidern wird es heller. Vielleicht kommt die
Sonne hinter den Wolken hervor. Was bedeuten
würde, dass hinter seinen Lider eine echte Welt
liegt. Aber das muss nicht stimmen, findet sein
Herz, stimmt doch so vieles nicht, was er mal
gehört hat

Ich muss nicht denken.
Ich.
Muss.
Nicht.

»Wir aber haben es verlernt. Wir fahren lieber
zu den Sternen, als nach den Sternen in uns zu
greifen. Wir müssen wieder lernen, den Regler
zu kontrollieren. Und ihn in die perfekte Balance
bringen. Um die Stille wieder zu hören.«

*

Testlauf

Es klopft.

Latour weiß nicht, ob er aufatmen oder verärgert sein soll. Erleichtert, ist dieser Tag doch eigentlich an Passivität und Langeweile kaum zu überbieten. Verärgert, hat er doch anscheinend gerade die Stille für sich entdeckt, und hat nicht vor, sie so leicht wieder aus der Hand zu geben.

Er erhebt sich von seinem Kissen, auf dem er die ganze Zeit geblieben ist, freiwillig. Was definitiv zu lang war, fühlt er doch nur ein taubes Gefühl dort, wo eigentlich sein Hintern sein sollte.

Es klopft wieder und eine sehr höfliche Stimme bittet um Verzeihung für die Störung, aber es würde nur wenige Sekunden dauern, man solle doch bitte öffnen.

Der Diplomat blickt zu When, der dann wohl doch einmal das Bett gegen die Badewanne eingetauscht hat, was offensichtlich weit besser für die Haut ist.

When lächelt ihn an, hellwach in Sekundenschnelle, etwas, dass der Diplomat niemals lernen wird, wie er sich nun hoch und heilig verspricht.

»Deine Freundin?«, fragt Latour gestenreich, indem er erst auf When, dann auf die Tür zeigt, während er lächerlich überzogene Kussmanöver imitiert.

When schüttelt den Kopf und fast denkt Latour, er habe den Bogen für den kleinen Romeo überspannt, dann aber sieht er ein schwaches Lächeln. Und bekommt die Antwort prompt serviert, als der Awarianer auf die Tür zeigt, dann auf *ihn*, und währenddessen völlig überzogene Atembewegungen macht, und die Hände dabei faltet.

Dreckskerl, denkt Latour und lächelt zurück, so selbstsicher er es eben kann.

Es klopft wieder, jetzt nicht mehr ganz so freundlich, und When verschwindet im Badezimmer, aber nicht ohne dem Diplomaten einen Daumen hoch zu geben.

Keine Ahnung, für was die Geste in eurem Bauernstaat steht, denkt er noch, dann steht er auf.

Atmet durch.

Und öffnet die Tür.

*

Wie in Zeitlupe neigt sich ihm die Tür entgegen.

Seltsam. Kein Knarzen, kein Geräusch. Habe

ich nicht bemerkt beim Reingehen. Seltsam. Und sie geht nach innen auf. Habe ich das gewusst? Ich wette, Geheimagenten lernen, auf so was zu achten. Sherlock Holmes bestimmt auch. Aber den gab es ja gar nicht ...

Erst erblickt er einen schönen Fuß in schönen Pumps, die ihm aufgefallen waren, als sie die Schlüssel erhalten haben. Auch die Frau, Empfangsdame und vielleicht sogar auch noch Chefin des Reinigungsteams, war ihm aufgefallen, trotz des Gefühlschaos, das sein junger Freund in ihm angerichtet hatte.

Nur in mir? Haben die anderen etwas gemerkt? Was habe ich eigentlich an? Oh, die Wimpern sind nicht echt, Gnädigste, aber das hat mir noch nie etwas ausgemacht. Leben wir nicht alle hinter einer Fassade? Und wenn ja, was spricht dann gegen eine bezaubernde?

Er setzt sein schönstes Lächeln auf, etwas, das er auch *ohne* Stille hinbekommt, so oft hat er es vor dem Spiegel oder einer Testpersonen trainiert.

»Hallo. Wie kann ich Ihnen helfen?«

Auch die Dame hat ihre Hausaufgaben gemacht, merkt er, denn alle Ungeduld scheint verschwunden, und es bleiben nur noch die glatten Wangen und ein bezauberndes Lächeln.

Etwas zu dick aufgetragen meine Liebe, denkt er, *du hast keinen Preis gewonnen gerade.*

»Herr Hirschgang, wie ich annehme?«

Latour nickt.

Was redest du? Du bist der Preis, mein Lieber, die Dame hätte auch jemand anderen schicken können. Doch sie will dich.

»Ja«, erinnert sich Latour, aber so schnell, dass nicht mal ein Lügendetektor hätte das bemerken können.

»Ich bräuchte noch einmal kurz Ihre Ausweise. Nur für einen kurzen Moment«, sagt sie fast schon entschuldigend.

»Gibt es ein Problem? Es ist doch hoffentlich alles in Ordnung«, sagt er mit einer Hingabe und Befürchtung in der Stimme, mit der er schon damals Lehrern vorgegaukelt hat, ihre Existenz und die des Bildungssystems würden ihm am Herzen liegen.

»Nein, nein. Nicht Spezielles. Die Polizei hat nur eine Vermisstenanzeige herausgegeben. Nun sind alle Hotels verpflichtet, ihre Gäste zu überprüfen. Ihre Sicherheit hat für unserer Stadt und unser Hotel natürlich allerhöchste Priorität.«

»Wie lieb von Ihnen«, sagt Latour und merkt, wie er das Reden mit Menschen, die über *keine* übernatürlichen Sinne verfügen, vermisst hat.

Dann bin ich eben der Einäugige, der unter den Blinden König ist. Mir doch egal, Hauptsache König.

»Wissen Sie, welche arme Seele vermisst

wird?«, fragt er, wieder besorgt um diese Menschen, die jetzt wohl ganz allein und ziellos durch die Straßen Kölns wandern.

Langsam greift er in die Tasche, in der sich die gefälschten Ausweise befinden, die Whens kleine Freundin ihnen zwischen Tür und Angel ausgehändigt hat. Nicht perfekt, keine Geheimdienstqualität, aber auch nicht schlecht. Wird der Sache hier standhalten.

»Es sind wohl mehrere Vermisste. Leider weiß ich nichts Genaues. Nur die Namen, die ich natürlich nicht weitergeben darf.«

»Natürlich nicht«, pflichtet der Diplomat pflichtschuldig bei.

Ja, mach dich zum Komplizen. Geh auf ihre Seite. Ist ja wie im UN-Trainingsprogramm für Kinder. Oh Mann, Kleiner, deine Zaubertricks kannst du im Salzwasser lassen.

Das hier wird ein Kinderspiel.

Seine Hand greift ins Leere und für einen Moment verschwindet sein Lächeln. Was aber in Ordnung ist, lächeln die beiden Gorillas, die plötzlich hinter Schneewittchen auftauchen, umso mehr.

*

Hilfreich bauen sich die beiden rechts und links neben der Rezeptionistin auf.

Keine Polizei. Keine Waffen, bemerkt Latour, *aber auch kein reguläres Hotelpersonal.* Wahrscheinlich ein bisschen Nahkampftraining, ein Wochenendkurs Krav Maga, aber bestimmt jeden zweiten Tag Fitnessstudio.

Was ein Vorteil sein könnte, falls er rennen muss.

Ja, renn. Die wissen Bescheid.

Spring aus dem Fenster. Ist doch nur der ... ich weiß nicht, wie viele Treppen waren es? Ja, eine nur, nur der erste Stock. Und irgendwas steht unter dem Fenster, glaube ich.

»Alles in Ordnung?« Jetzt ist es die adrette Dame, die besorgt dreinblickt.

»Natürlich. Ich dachte nur, ich hätte unsere Ausweise in meiner Tasche.« Demonstrativ zieht er seine leere Hand unverrichteter Dinge wieder heraus.

Nimm sie als Geisel. Brich durch. Ein Leben auf der Flucht klingt doch spannend. Du und Schneewittchen hier. Oder lieber du und die Kambodschanerin. Ja, das würde mir gefallen.

»Können wir beim Suchen helfen?«, fragt einer der Männer, mit einer überraschend hellen Stimme.

»Nein, nein, mein Freund wird sie wohl haben.«

Und wie heißt der?

Er weiß nicht, ob er gerade wirklich die berühmten Schweißperlen auf der Stirn stehen hat oder sich nur so schwitzig fühlt.

Irgendwas mit K. Irgendwas Unauffälliges. Karl? Was, der Große? Charlemagne gefällt mir eh besser, auf Französisch klingt alles besser. Wann habe ich eigentlich das letzte Mal eine Andouiette gegessen? Ich-

Atmen, unterbricht er sich.

Ich-

Atmen ...

»Kevin?«

Keine Antwort.

Die Delegation vor der Tür, zum Glück noch *vor* der Tür, beginnt, fast schon verlegen zu schauen.

»Kevin?«, ruft er noch mal. »Weißt du, wo unsere Pässe sind?«

Keine Antwort.

Scheißkerl! Antworte endlich.

Antworte. Ach was, dann antworte nicht. Dann fliegt halt alles auf. Was soll schon passieren? Mir gar nichts, mein Vater holt mich schon raus. Und euren Bauernstaat nimmt sowieso keiner ernst. Also-

Atmen.

»Oh, mein Freund muss ausgegangen sein, während ich geschlafen habe.«

Atmen.

»Ich verstehe«, sagt die Empfangsdame weniger verständnisvoll, während sie zu ihrem Funkgerät greift. Die Bodybuilder wittern an-

scheinend Action und pumpen sich ein bisschen
breiter.

*Atmen. Die Stille. Keine Sorgen, Eric. Nur Ver-
trauen.*

»Leider muss ich Sie dann bitten, mir zu folgen. Die Polizei wird alles Weitere klären.«

Ich bin bei dir.

*

Dann schwingt die Tür wieder zu.

Mit drei Freunden mehr, wie Latour weiß, war
das Hotelteam doch plötzlich so begeistert von
der Idee, dass er ihre Pässe später nachreichen
würde.

Erst jetzt merkt er die Anspannung, bewusst
lässt er seine Schultern sinken und den Kopf
kreisen. Dann bemerkt er eine Gestalt hinter
ihm, die sich gut gelaunt mit einem Handtuch
den Körper abreibt.

Latour atmet tief durch, findet wieder ein bisschen von der Ruhe in sich. Dann parkt er eben
genannte Ruhe auf seiner rechten Faust. Und
rammt sie When in den Magen.

*

»Da bist du ja, *Kevin*«, sagt der Diplomat, schreitet zufrieden mit sich und der Welt an dem

zusammengesackten Bruder vorbei und gönnt sich ein Fläschchen.

When sammelt sich ein wenig, und kommt schneller wieder auf die Beine, als Latour ihm zugetraut hätte. Wahrscheinlich musste er von den Kickboxbienen einiges mehr einstecken, überlegt Latour. Das härtet ab.

»Und die Pässe sind wo? Wenn du so freundlich wärst?«

»Woher soll ich das wissen? Du hast sie genommen. Ich war in einem … Dilemma, falls du dich erinnerst.«

Der Diplomat überlegt kurz. *Nein, Kollege, dieses Mal legst du mich nicht rein.*

»Ich habe sie in meine Tasche gesteckt. Wo sie noch sein müssten. Also?«

»Also? Also muss ich mich wohl auf die Suche machen. Ich weiß nicht, warum wir diese Diskussion führen. Es hat doch funktioniert, oder?«

»Ja. Aber fast hätten sie uns mitgenommen. Du hättest mich vorwarnen können.«

When legt das Handtuch beiseite.

Wann hat eigentlich die Zimmeraufteilung stattgefunden, für unsere Fahrt ins Blaue? Ich bin definitiv mit dem falschen Awarianer eingeteilt worden, entscheidet Latour, als er den Jungen nun schon das mindestens 118 Mal an diesem Tag nackt sieht.

»Ah, hier sind sie!«, ruft der Junge triumphierend und fischt zwei kleine Plastikkarten aus seiner Uniform. »Ich muss sie irgendwann an mich genommen haben. Seltsam, so unbewusst bin ich normalerweise gar nicht«, sagt er unergründlich lächelnd. »Vielleicht wollte ich mir unsere Daten einprägen. Vor allem die Namen sollten wir uns merken.«

Namen merken, schießt es dem Diplomaten wie eine heiße Feuerkugel durch den Kopf.

»Schön atmen«, sagt When beschwörend. »Und den Ort finden, der dich ruhig werden lässt.«

Und plötzlich ist er da. Der Moment. Und alles entspannt sich.

»Sehr gut«, sagt When zufrieden. »Du hast deinen Ort der Stille gefunden.«

»Sozusagen«, antwortet der Diplomat. »Die Ruhe ist das Einzige, was zählt, nicht wahr? Was heilt, gewinnt?«

When nickt. Er findet die entspannte Züge seines Freundes fast schon ein wenig unheimlich.

»Dann bin ich ... beruhigt. Sozusagen.« *Den Gedanken allerdings, der mich gerade so ruhig macht, behalte ich besser für mich.*

*

Manchmal ist die Welt in Ordnung. Manchmal. Für Eric Latour, Lebemann, Jetsetter, Trendsetter, Diplomatensternchen und Ladykiller ist die Welt hier und jetzt auf dem Bett in diesem kleinen Hotelzimmer einfach noch mal eine Stufe in ordnunger!

Zufrieden schaut er auf den Bildschirm, ein echter Fernseher mit sichtbarer Technik hinter der Mattscheibe, wer hätte das gedacht. Es läuft eine koreanische Liebesserie aus den Zwanzigern, deren englischer Titel bereits so blöd ist, dass man vom Übersetzer quasi *gezwungen* wird, direkt auf den koreanischen Originalton umzuschalten.

Auf seinem Bauch, denn er liegt auf dem Bett, hat er einen großen Plastikteller mit einem leibhaftige *Burger* drauf, mit Blut und Sehnen und echtem Fleisch – Salat und Gemüse sind unter dem Quarterpounder kaum sichtbar, was er gut findet. Herzhaft beißt er ab und an hinein und ist sich der Tatsache völlig bewusst, dass ihm rote Barbecuesoße aus seinen Mundwinkeln läuft. Und dass sein Kumpel aus Bayern mit wortwörtlich grünem Gesicht zuschaut.

»Gut, dass ich noch ein paar Devisen in meiner anderen Tasche hatte«, sagt Latour und schenkt When ein schiefes Lächeln. Der Vegetarier kaut gerade auf etwas herum, das sein Burger im vorherigen Leben mal dazu benutzt hat, um seinen Hintern daran zu reiben.

»Ist das eine Art Bestrafung?« Der Awarianer

scheint ehrlich verwirrt. »Ich habe doch gesagt, ich kann mich nicht mehr genau erinnern, wann und warum ich die Dokumente entnommen habe. Und antworten konnte ich nicht. Das geht nicht, es sei denn, ich verlasse den Zustand.«

Der Diplomat lächelt gönnerhaft. »Das ist doch keine Strafe. Nur purer Genuss! Außerdem brauchst du dich nicht zu entschuldigen. Ich habe das ganz wundervoll hinbekommen.« Er nimmt einen weiteren Bissen, ahmt eine der Schauspielerinnen nach, als sie mit einem Knicks höflich »Guten Tag« auf Koreanisch sagt, und bedeutet When gestenhaft, ihm noch eines dieser niedlichen Bierchen zu bringen.

Die armen Koreaner, denkt er, ein Schatten legt sich für einen Moment auf sein sonniges Gemüt.

Sie war schnell, aber nicht schnell genug für alle Länder der Welt, und Seoul liegt leider viel zu nahe an Pjöngjang. Oder lag.

*

Später.
Keiner von ihnen schaut auf die Uhr, aber beide wissen, dass ihre Junggesellenparty bald zu einem Ende kommen wird.

Das Novemberlicht wird langsam blasser, die Menschen auf dem Platz aber mehr, und auch schon einige auffallend teure Karossen sind vorgefahren, und einige auffallend teuer gekleidete Menschen sind ausgestiegen.

»Sieht nicht aus, als würde bei denen eine Taufe anstehen«, sagt der Diplomat zweifelnd.

Bestimmt kenne ich einige von ihnen, überlegt er, aber es gibt kaum eine Chance, auf die Entfernung Details zu erkennen.

»Sollten wir nicht, ich weiß nicht, Fotos machen oder so? Infos sammeln?«

»Das ist nicht notwendig. Den Job haben Kat und Pat übernommen.«

Der Diplomat will kurz fragen, wo im Himmel sich die beiden Frauen aufhalten sollen, außer vielleicht im Krankenhaus mit Blutvergiftung. Aber dann schaut er sich den Awarianer an, der ganz ruhig aus dem Fenster blickt, und schweigt.

Später.

Gerade will Latour etwas sagen, etwas, das aus ihm hervor quellen will, schon seitdem er so gut drauf ist – wegen der Ruhe oder weil sie sich immer noch relativ illegal, aber auch relativ unentdeckt in einer fremden Stadt befinden. Obendrein sind sie nur einen Katzensprung von einem Ort entfernt, an dem in wenigen Stunden eine der interessantesten Konferenzen stattfinden wird, die Europa seit dem Zweiten Weltkrieg gesehen hat.

»Hör zu-«

Aber When unterbricht ihn. »Es gab einen

Grund, warum ich dich nicht vorgewarnt habe.« Seine Stimme ist wieder klar, aber leise.

Diese Menschen wechseln innerhalb von Minuten zwischen himmelhochjauchzend und zu Tode betrübt, das weiß der Diplomat inzwischen.

»Also gibst du das mit den Pässen zu?«

»Nein. Das war nur ein willkommener Bonus. Ob ich es vergessen habe oder es bewusst vergessen habe, werden wir wohl nie erfahren.« Ein schelmisches Grinsen blitzt auf.

»Und dieser Grund war?«, hakt der Diplomat nach und lächelt giftig zurück.

»Wir brauchten einen ersten Versuch. Ich musste testen, ob ich mich mit dir verbinden kann. Im Ernstfall«

»Das geht nicht mit allen?«

»Nein. Menschen können Barrieren errichten. Unabsichtlich oder mit Absicht.«

»Na, da habe ich ja was zum Lernen, wenn ich nach Hause komme«, sagt der Diplomat heiter.

»Wir bieten Kurse an. Schüler müssen nicht nur lernen, wie sie sich der Stille öffnen, sondern auch, wie sie das Schlechte abblocken. Alles Teil unserer Ausbildung. Ich werde dich anmelden.«

»Sehr freundlich«, sagt der Diplomat. »Und? Hat es geklappt?«

»Sehr gut«, sagt der Awarianer ein bisschen zu überrascht für Latours Geschmack. »Kleine Anfangsschwierigkeiten, aber das ist normal. Als du begonnen hast, zu atmen, wurde es besser. Du kannst dir dich wie ein Boot auf stürmischer See vorstellen. Ich habe die Wellen geglättet, du hast das Boot in den Hafen gebracht.«

»Ich habe eher das Gefühl gehabt, ich bin nur eine Antenne.«

»Auch ein netter Vergleich, wir mögen es aber eher natürlich.«

»Verstehe. Also reicht es für die Wachen? Um uns hineinzuschaffen?«

When schweigt für einen Moment. »Für die regulären Wachen, ja. Aber es gibt noch eine zweite Hürde, die wir nehmen müssen. Deshalb habe ich dich ins kalte Wasser geworfen …Wir müssen an den Wächtern des Domes vorbei.«

*

»Die Domwächter?«

»Ja.«

»Was sind die? Etwa so was wie Parkwächter? Müssen wir bei denen Eintritt bezahlen?« Der Diplomat muss lachen.

When bleibt ernst. »Nein. Sie stehen im Dienst der katholischen Kirche. Einem … besonderen Zweig der Kirche, um genau zu sein.«

Latour gefällt es irgendwie nicht, wenn Awarianer Wörter wie *besonderer Zweig* verwenden.

»Ihr Auftrag ist es, Menschen, die Schlechtes

261

im Sinn haben, von den heiligen Hallen des Domes fernzuhalten. Der Dom selbst und das Gebiet ringsum sind zwar neutral, aber der Rat hat sich auf diese Beschützer geeinigt. Und sie erfüllen ihre Aufgabe seit den ersten Tagen der freien Stadt. Und das sehr gut.«

Der Diplomat schaut durch das Fenster. Es ist dunkel geworden, trotzdem versucht er, irgendwelche Kutten an den Dompforten auszumachen. »Und diese Domwächter gehören nicht zu denen, die wir so einfach zum Narren halten können?«, fragt Latour, obwohl er bereits die Antwort kennt.

»Nein. Sie besitzen eine besondere Art von Training. Kampftraining natürlich. Aber da ist noch mehr. Ihre Schüler werden schon seit Jahrzehnten von der Elite aller Orden weltweit gebildet. Jesuitenorden, aber nicht nur. Schon in jungen Jahren erhalten sie eine spezielle Ausbildung. Sie müssen jahrelang schweigen, monatelang in Einsamkeit verbringen. Wir sind uns nicht sicher, all das ist geheim. Aber wir denken, dass sie ...«

»Die stärkste Waffe benutzen, die uns Menschen zu Verfügung steht«, beendet der Diplomat den Satz, faltet die Hände symbolisch zum Gebet und weiß plötzlich, warum der Awarianer besorgt ist. »Ihr denkt, dass sie so sind wie *ihr*.«

Abendkleidung

Es klopft und der Diplomat spannt sich schon wieder an, weil er die nächste Delegation erwartet, die nächste Befragung.

Als er aber dann in Whens ruhige Augen blickt, öffnet er und findet ihre Kleidung auf dem Boden, sorgsam gefaltet und eingepackt. Kurz schaut er nach rechts und links den Gang entlang, aber niemand ist da.

»Wir haben wohl eine Lieferung bekommen. Stilvoll«, kommentiert er. Wie soll man unbehelligt irgendwo hineinschleichen, wenn man *solche* Kleidung trägt?

Dann fällt ihm der blasse Umschlag auf, der auf Whens Uniform balanciert.

»Und dieser Brief, denke ich, ist für dich.«

*

Latour bindet schweigend seine leuchtend blaue Krawatte. Er kann den Preis an der Qualität des Stoffes fühlen und ist verwundert. Anscheinend hat da in Awaria jemand noch jede Menge Devisen unter seinem Kopfkissen versteckt.

Er blickt durch den Raum, der ihm mittlerweile vorkommt wie sein erstes eigenes Zimmer, klein aber wundervoll, was damals vor allem daran lag, dass er es nicht mehr mit seiner Schwester teilen musste. Es hatte ein Dachfenster in der Schräge direkt über seinem Bett, von wo aus er nachts die Sterne beobachten konnte.

Diese Nacht hier, heute, ist ohne Sterne, und selbst der Mond scheint verschwunden.

*

»Alles in Ordnung, Bruder?«

Er blickt When an, der still nickt, während er eine Galauniform anlegt. *Dieses Mal ist es ihm ernst*, denkt Latour, als er die Sternchen am Kragen sieht, von denen er keine Ahnung hat, was sie bedeuten. An Whens Oberarm prangt ihr Bild. In ihren letzten Minuten. Und den ersten Minuten der neuen Welt.

*

»So, das ist es also.« Der Diplomat mustert sich im Badspiegel und spricht so leise, als würde er mit seinem Spiegelbild reden. »Ich weiß nicht, wann ich das letzte Mal so *gut* ausgesehen habe.«

»Ja.« When taucht hinter ihm auf.

»Die Teilnehmer müssen sich bereits ver-

sammelt haben. Wir haben noch ungefähr dreißig Minuten.«

*Und danach weitere fünf, bis wir wissen, ob sich
der Aufwand gelohnt hat,* denkt der Diplomat,
während er Whens Uniform brüderlich richtet.
*Oder wir als peinlichste Karnevalstruppe, die je exis-
tiert hat, gnadenlos von der Bühne gebuht werden.*

»Genug Zeit, um einen Brief zu lesen«, sagt er
und blickt den Jungen an.

Der Awarianer schaut auf den Umschlag, fast
überrascht dass er ihn in seiner Hand hält.

»Ein Brief im einundzwanzigsten Jahrhundert?
Ich finde, die Mühe sollte belohnt werden. Du
nicht?«

When dreht sich um und verlässt das Bad. Latour blickt noch einmal in den Spiegel, lächelt
sich an, was ihm aber nicht ganz gelingt. Mit
einem Seufzen folgt er When in das Zimmer,
überprüft die Minibar und fischt die letzten zwei
formvollendeten Kölsch heraus.

»Wir müssen unbedingt hier weg. Langsam
gewöhne ich mich an das Gebräu«, sagt er aufmunternd.

Aber nichts kommt, keine Regung.

»Ihr könnt euch spüren, nicht wahr? Du wusstest, dass sie hinter der Tür ist?«

When nickt wortlos. Der Diplomat schaut zu
Boden, dann durch das Fenster. Der Dom liegt
jetzt im Scheinwerferlicht, und wenn Latour je-

mals das Gefühl hatte, dass ein Gebäude eine
Seele besitzt, dann jetzt.

*

»Hör zu, Bruder.«

*Wenn ich nichts unternehme, fahren wir nach
Hause, bevor wir die Pforte erreicht haben. Ich muss
handeln. Zornig werden.*

»Ich verstehe dich.« Was gelogen ist, aber
wen kratzt am Ende des Tages eine Lüge? »Das
zieht jeden runter. Und ihr Awarianer seid auch
nur Menschen. Seltsame Menschen, aber Menschen.« Er tritt nahe an When heran und blickt
ihm in die Augen. »Wenn du mich fragst, war
die Auswahl deines Kontaktmannes alles andere als glücklich. Aber wenn ich *euch* und euer
Credo richtig verstehe, kann man sich das Nachdenken über das Glück sparen. Es hemmt. Die
Ursachen liegen in der Vergangenheit. Sie sind
vorbei. Also sollten wir uns auf die Zukunft kon-
zentrieren, okay?«

Und jetzt erinnert sich der Diplomat an seinen Bruder, der ihm, tief in der Vergangenheit,
das Haar glatt gestrichen und seine Tränen ge-
trocknet hat, als er verliebt war. Wirklich verliebt.

»In der nächste Stunde ist es an uns, den potentiellen Tod und die Vergiftung von Hundert-

tausenden von Menschen zu verhindern. Menschen wie du und ich. Kinder.«

When schaut auf, ihre Blicke treffen sich. Das erste Mal hat Latour das Gefühl, nicht von diesen unergründlichen Augen angestrahlt zu werden, sondern selbst zu strahlen.

»Aber dafür müssen wir unser Bestes geben, unsere Bestleistung erbringen und alles rauslassen, was wir uns für so einen Augenblick aufbewahrt haben. Verstehst du?«

Der Junge nickt, und der Diplomat fühlt eine Welle der Freundschaft durch ihn fließen.

Na also, denkt er. *Ich hätte Fußballcoach werden sollen.*

»Es ist an der Zeit, alles hinter uns zu lassen, was uns bremsen könnte. Wir haben noch reichliche vierundzwanzig Minuten. Genug Zeit, um uns mindestens drei Liebesgeschichten von der Seele zu reden.«

»Du fängst an.«

*

Verbrenne mich

When reicht ihm den Brief.

Der Diplomat kann sich an jede Menge Gesten erinnern, die er gesehen hat. Kapitulationen. Jede Menge Unterschriften, die das Schicksal unzähliger Menschen besiegelt haben. Zum Guten, und sehr oft zum Schlechten. Bei manchen von ihnen, den kleineren, unscheinbareren, war er sogar selbst zugegen gewesen kürzlich, und wird es wieder sein, wenn der Abend heute ihr eins zu einer Millionen Glückstag sein wird. Aber sein Freund, Bruder, der ihm den Brief reicht, macht ihn sprachlos, auch wenn er den Grund nicht kennt.

»Der Titel«, sagt er, und schaut nachdenklich auf den Umschlag. »Ist nicht ernst gemeint, oder?«

»Wir Awarianer versuchen, die Vergangenheit ruhen zu lassen oder zu vergessen – wie du gesagt hast. Sie ist sehr gut darin. War sie schon immer.«

»Aber ...?«

»Aber manchmal gelingt es uns nicht. Nicht ganz. Und dann schreiben wir einen Brief, von dem wir eigentlich nicht wollen, dass er überhaupt existiert.«

»Ich verstehe.« Der Diplomat nickt. Dann öffnet er den Umschlag, klappt das schöne weiße Blatt Papier auseinander, Wörtern in echter Tinte, die wie Kalligrafie aussehen, kommen zum Vorschein.

Latour atmet durch.

»Noch irgendwelche letzten Worte?« Er grinst den Awarianer an, der aber schüttelt nur den Kopf.

Letzte Worte mit Anspielung auf ...will der Diplomat sagen, weiß aber, dass es sinnlos ist. *Anscheinend habe ich die Angewohnheit meines Vaters übernommen, mit einem Witz mein eigenes Unbehagen zu überspielen. Ich sollte das lassen.*

*

»When.«

Latour runzelt die Stirn. *Kein Lieber, keine Anrede? Einfach nur ein Name? Vielleicht war das doch keine so gute Idee. Aber eines ist mal klar ... Ich hoffe auf ein paar gute Zeilen und breche die ganze Geschichte ab, sobald es mit der Gefühlsachterbahn bergab geht.*

Nach einem Räuspern liest er weiter. »Ich liebe dich.«

Er atmet aus. *Na, das ist doch ein guter Anfang.*

Diese Menschen reden eben ungern um den heißen Brei herum.

Aus den Augenwinkeln beobachtet er seinen Freund. When wirkt entspannt, die Augen sind geschlossen. Latour fragt sich, wo der Junge gerade mit seinen Gedanken ist, sind doch diese drei Worte die magische Formel für ungefähr alles, was wir jemals an guten und schlechten Erfahrungen in unserem Unterbewusstsein gespeichert haben.

»Mich zu entschuldigen, für das Geheimnis, das um meine Mission gemacht worden ist, halte ich für unnötig, da du mehr als jeder andere verstehen wirst, wie notwendig eine Kontaktperson in einem fremdem Umfeld ist, gerade deshalb, weil so viel auf dem Spiel steht.

Zu vermuten, dass du gelitten hast, während und aufgrund meiner Abwesenheit oder wegen meines professionellen Auftretens und der fehlenden Zuneigungsbezeugungen bei unserem Wiedersehen, wäre nicht nur selbstbezogen, *als würde ich eine gewisse Freude daraus ziehen*, sondern auch schlichtweg arrogant *und unwissend*. Du bist, wer du bist. Wie ich dich kennengelernt habe. Deine Fähigkeiten, wenn auch noch nicht voll entwickelt, sind nahezu grenzenlos, deine Stille hat die Tiefe der Meere. Und ich bin nichts als eine Welle, die flüchtig über deine Untiefen geglitten ist.«

Latour macht eine kurze Pause. *Na, da hast du aber ordentlich falsch gelegen, Schätzchen,* denkt er, während er versucht, sich der Zweideutigkeit der bildhaften Sprache zu erwehren.

»Es gibt also keinen vernünftigen Grund, überhaupt diese Zeilen zu verfassen. Deshalb der Titel.«

Hätte ich es doch getan. Oder den Brief ausgetauscht. Irgendwas Romantisches hätte ich mir schon aus den Fingern saugen können. Oder runtergeladen, von irgendeiner Poetryapp. Das hier ist jedenfalls so liebevoll wie eine Steuerklärung.

»Aber in den letzten Monaten musste ich erfahren, dass mein Training sich als ungenügend erwiesen hat. Nicht was meine Mission angeht. Außer diesem Brief, der zugegebenermaßen eine Dummheit darstellt, habe ich einige Erfolge verbuchen können. Die Mission wäre ohne mich nicht möglich gewesen.«

Bei jedem anderen würde das arrogant klingen, denkt er. *Aber sie hat recht. Und das nicht nur wegen ihres Geschmacks für Anzüge.*

»Nein, mein Training hat sich als unzureichend erwiesen, sobald es um dich geht.«

Ah, vielleicht kriegt sie ja doch noch die Kurve, hofft er. Heimlich schaut er auf die Uhr, wundert sich, wie schnell die verdammte Zeit vergeht, wenn man sich mit Liebesdingen auseinandersetzt.

»Die Details erspare ich dir. *Genug, dass ich sagen muss, dass* ein Blick in ein romantisches Groschenheft des 20. Jahrhunderts, die der dicke Cremp so mag, genügen *würde*, um meine Gefühlswelt zu schildern. Gerne würde ich sagen, dass d*ies* nur *in Zeiten der* Unbewuss*theit* geschehen ist, im Traum oder im Tagtraum. Aber so ist es nicht. Selbst in der Meditation – der Heimat unseres Landes und unser Zufluchtsort, der Ort, den wir beide so sehr lieben – musste ich mich ergeben. Die Gedanken und Träume von dir, von uns überkamen mich. Für diese Schwäche möchte ich mich entschuldigen. Es ist unserem Heimatland unwürdig und dir ebenfalls, mein Geliebter. Bitte verzeih.«

Der Diplomat atmet durch, faltet den Brief und versucht dabei, so teilnahmslos wie möglich auszusehen. So, als wäre der Brief mit diesen Worten zu Ende.

*

Neun Minuten

»Vielen Dank.« When faltet die Hände zusammen und verneigt sich. Kein Verlangen, nach dem Brief zu greifen. Mit eigenen Augen zu sehen.

Vielleicht habe ich zu viele Liebesfilme geschaut, denkt Latour, steckt den Brief ein, und versucht, nicht zu erleichtert auszuatmen.

»Bist du in Ordnung?«

Es vergeht eine Weile. Latour hat diese Fragen immer gehasst.

»Ich fand …« Latour ringt nach Worten, was ihm selten passiert, aber vielleicht fehlen einem ja nur die Worte, wenn man wirklich einmal etwas Bedeutendes zu sagen hat. »Ich fand das Ende schön.«

»Ja. Und ja, es ist alles in Ordnung. Jetzt ja.«

Tapfer, wie der junge Awarianer lügt, denkt Latour. Aber When lächelt wieder, und der Diplomat muss fast laut lachen, als er den Anzug glatt gestrichen bekommt, und den Kragen gerichtet, dieses Mal von seinem Freund.

»Wie lange haben wir noch?«

Latour schaut auf die Uhr. »Neun Minuten. Deine Freundin weiß, wie man sich kurz fasst.«

When nickt. »Dann bist du jetzt dran, Eric Latour. In neun Minuten kannst du dir bestimmt noch mindestens sechs Liebesgeschichten von der Seele reden.« Er lächelt. Schelmisch. »Wenn das mal reicht.«

*

»Eigentlich, sind es nur zwei.« Und Latour wundert sich, wie sicher er sich seiner Sache ist. Wie wenig ihm alle andere Liebschaften bedeutet haben. »Bei meiner ersten Liebe war ich 17. Ich war vorher schon öfter verliebt, aber dieses Mädchen hat mich wirklich komplett aus der Bahn geworfen.«

Er erinnert sich.

Oft sagt man, die Noten würden schlechter werden, und man würde seine Arbeit vernachlässigen. Das war bei ihm nicht der Fall. Er konnte gar keine schlechten Noten erhalten, denn er ist schlicht und ergreifend gar nicht mehr in die Schule *gegangen*. Hat sich versteckt. Von ihr geträumt, das ganze Programm. Hätte sie nicht im Nachbarort gewohnt, wäre er wahrscheinlich weggezogen, so gleichgültig war ihm zu dieser Zeit seine physische Präsenz irgendwo. Und wäre sie es nicht gewesen, die in einigen seiner Kurse aufgetaucht war, er wäre schulflüchtig geworden, so unwichtig erschien ihm

damals das Affentheater um Noten und Schul-
fächer.

»Ohne sie hätte ich wahrscheinlich nicht mal
meinen Abschluss gemacht. Schließlich hatte
ich einen guten Grund dafür. Ich wollte sie in
ihrem Kleid auf dem Ball sehen.«

When lächelt.

Und Latour ist überrascht, wie klar er plötzlich
all das vor sich sieht, als müsste er nur eine Tür
aufstoßen, um in diese Zeit zurückzukehren.

Aber das braucht er nicht mehr, das weiß er
jetzt.

*

»Ich werde sie zu einer ehrbaren Frau machen.«
Ihre Sachen sind gepackt, auch wenn es nichts
gibt, was sie nicht zurücklassen könnten.

»Wen?«

»Deine Schwester.«

»Ich habe nur ehrbare Schwestern. Du musst
dich also täuschen.«

Der Diplomat schaut kurz auf, weil er denkt,
der Awarianer will ihn zum Narren halten. Aber
der schaut nur interessiert. Sie haben die Jalou-
sien heruntergelassen. Vielleicht, weil keiner
mehr den Anblick ertragen kann, vielleicht weil
sie in den nächsten Minuten mehr von dem
alten Gemäuer sehen werden, als ihnen lieb ist.

»Damit … Ich meine, das sagt man, wenn man jemanden heiraten will. Und bevor du jetzt sagst, es gibt so etwas wie Heirat nicht mehr bei euch, dann meine ich, ich will den Rest meines Lebens mit ihr verbringen.«

»Ich verstehe.«

Kein spöttisches Lächeln. *Diese Awarianer würden gute Paartherapeuten abgeben*, denkt der Diplomat.

»Und mit Schwester meinst du … eine? Oder zwei? Vielleicht Pat und Kat?«, erkundigt sich When hilfreich.

Latour will zu einer Erwiderung ansetzen – innerlich bereut er die ganze Sache schon fürchterlich – , als er diesmal ein verschmitztes Lächeln im Gesicht des Jungen sieht.

*

Noch fünf Minuten.

Zumindest *war einer* von uns hilfreich, denkt der Diplomat, und setzt ein weiteres Mal an: »Sras. Ich will sie.«

»Ich weiß.«

Das Zimmer kommt ihm so still vor, aber es ist nicht nur das Zimmer. Die ganze Stadt scheint seelenlos zu sein, nicht einmal die Regentropfen sind mehr zu hören.

»Will ich meine Chancen wissen?«

»Lass mich kurz nachdenken.«

Was er ernst meint, denkt Latour, während die Minuten verstreichen.

Fast hat er schon das Gefühl, der Junge sei beim Nachdenken eingeschlafen. Was er ihm nicht vorwerfen könnte, hat er selbst doch diese Art des Denkens in der Schule zur Kunstform erhoben.

»Also. Meiner bescheidenen Meinung nach hast du ein überdurchschnittliches Aussehen. Ebenso sind deine Stimme und die Inhalte deiner Konversation sehr belebend. Deine Aura ist eindeutig stark, das habe ich bereits bei unserem ersten Treffen bemerkt. Deine Fähigkeiten der Stille sind … ausbaufähig, aber vorhanden.« When lächelt.

»Schön sachlich. Vielen Dank.«

Oh Mann, mein Freund, du musst dir echt keine Gedanken machen, denkt der trotzige Junge in dem gestandenen Diplomaten. *Der sachliche When und seine Freundin, ihr passt wirklich* perfekt *zueinander.*

»Deine Athletik hat zumindest Potential, was auch gewisse Rückschlüsse auf deine Eigenschaften beim Koitus schließen lässt. Auch wenn ich diese Art von Spekulation eher meide.«

Das hättest du auch dieses Mal tun sollen, denkt Latour und hat das Gefühl, When hätte ihn unter ein Mikroskop gezerrt.

»Und?«, fragt er, da der Awarianer doch wieder das Reden eingestellt hat.

»Deshalb glaube ich, dass deine Chancen bei der Damenwelt generell als gut bis sehr gut einzuschätzen sind.«

»Das ist doch … äh schön zu hören«, sagt der Diplomat unsicher.

»Was deine spezielle Wahl angeht, müssen wir aber einen anderen Maßstab anlegen, wenn du mich fragst.«

Latour seufzt. »Und der wäre?«

»Ich kenne Sras nur oberflächlich, muss ich zugeben. Falls du Informationen über ihren Beziehungsstatus oder ehemalige Beziehungen haben möchtest, musst du sie fragen. Auch über ihre Vergangenheit wird nur sie dir Auskunft geben können.« When macht eine Pause. »Aber der Orden der Hand ist mir bekannt. Und wofür seine Mitglieder stehen: Treue, Loyalität, Disziplin und Hingabe. All das ist ihnen noch wichtiger als dem Rest meiner Gemeinschaft.«

Seine Stimme behält die gleiche Tonlage bei, bemerkt der Diplomat, während er nickt.

»Niemand in meinem Orden ist diesen Idealen mehr verpflichtet, Sras stellt sie über alles. Sogar über ihr eigenes Leben. Ich denke, dass sie das auch von ihrem Partner erwartet.«

Wieder nickt Latour, während er zurückdenkt: an den irren Mob und die irre Kambodschanerin, die dort hineingerasselt ist. Die sich vermöbeln lassen hat, um schwach zu erscheinen.

Plötzlich sieht er es: seine Chancenlosigkeit. Die Unmöglichkeit, dass er, ein Playboy, der alles abschleppen kann, was auf einer Cocktailparty nicht schnell genug Reißaus nimmt, nicht den Hauch einer Chance haben wird.

»Ich verstehe. Vielen Dank, Bruder«, unterbricht er den Jungen. Dann nimmt er seine Tasche, schaut auf die Uhr und bemerkt nicht den traurigen Blick des Awarianers. »Es ist Zeit. Lass uns gehen.«

*

Der Platz.

Das Schließen der Tür, die paar Treppenstufen nach unten und das aufmunternde Lächeln der Rezeptionistin ziehen an ihm vorbei. Fast würde er ihr alles beichten, so sehr wünscht er sich ein Publikum.

Für was?, fragt er sich, während sein Blick durch die Dunkelheit wandert.

Ein Krankenwagen steht dort, die Lichter sind aus. Ein alter Mann schleppt sich in Richtung Dom, so langsam und bemitleidenswert, dass Latour ihm hier und jetzt einen Rollator kaufen würde.

Zwei Frauen scheinen den Mantel der Nacht

auszunutzen, um sich in einer der dunklen
Ecken miteinander zu vergnügen. Ein einsamer
Junge, Tourist wahrscheinlich, so ratlos, wie er
auf einen Stadtplan glotzt. Eine Frau steht dort,
fast nur ein Schatten. Aber Latour kann ihre
Schönheit erahnen, während er sich gleichzeitig
fragt, was sie hier macht, in ihrem schwarzen
Kleid und ihren hochhackigen Schuhen.

Und über all dem thront der Dom. Noch
schwärzer als die Nacht. Die Scheinwerfer
scheinen an ihm abzugleiten. Lichter, die aus
den Fenstern dringen, scheinen zu kriechen,
als hätten sie es schwer, ihm zu entkommen.
Und die Figuren, die Wasserspeier, die Leben-
den, und die aus Stein, alle scheinen auf sie zu
warten.

Panik macht sich in ihm breit. Ihm ist kalt,
er ist bereits durchnässt. Und niemand ist da.
Niemand.

Atmen.

Nein, wir haben keine ....

Atmen.

Nein, dieses Mal nicht. Es funktioniert nicht.

Wo sind die anderen?

Hilflos blickt er zu seinem Freund.

Der schaut ihn lächelnd an. »Wir hätten an
einen Schirm denken sollen.«

Ja. An einen Schirm. Ein Regenschirm. Wie ein-
fach und nützlich.

»Das wäre schön gewesen.« Latour atmet auf. »Aber so weit ist es ja auch nicht.«

*

Sie gehen los. So langsam, dass er jede Bodenwelle des Platzes fühlt und Tropfen auseinanderhalten kann, ihre Schwere fühlt. Ihre Leichtigkeit. Selbst einen Windhauch.

»Warte.«

Der Awarianer bleibt stehen, dreht sich zu seinem Freund um. Seine Aura ist jetzt bereits so stark, dass Latour nicht weiß, ob sie unbemerkt in den Dom kommen oder ihn wegpusten wollen wie ein Löwenzahnschirmchen.

»Nur noch eines. Du hast mich nach deinen Chancen gefragt. Darauf konnte ich nicht antworten, und kann es jetzt nicht. Aber vielleicht ist es nur die falsche Frage gewesen. Vielleicht hättest du mich einfach nach dir fragen sollen. Dann hätte ich dir geantwortet, dass ich dich in der kurzen Zeit als jemanden kennengelernt habe, der Tiefe besitzt. Dem nicht egal ist, was aus dieser Welt und ihren Menschen wird. Der sich für seine Freunde einsetzt und oftmals seine Wünsche zurückstellt. Für das Wohl der anderen.«

Schweigen. Beide blicken hinab. Sehen, wie sich Rinnsale in den Steinritzen miteinander vereinen.

»Wenn du mich fragst, ob du eine Chance hast ... Ich weiß es nicht. Aber ich finde, du solltest es versuchen.«

Der Diplomat nickt und schaut den Awarianer ernst an. Die letzten Sekunden vergehen. »Das werde ich. Und du wirst dir deine Freundin zurückholen.«

When will etwas sagen, aber Latour blickt so ernst, dass er inne hält. Und schweigend nickt.

»Aber vorher, holen wir uns diese Bombe.«

*

Teil 3

Muss sich erst verlieren

Wie viele Tage sind eigentlich vergangen, überlegt der Diplomat, während er Wärme in sich aufsteigen spürt.

Und den älteren Herrn sieht, an ihrer Seite plötzlich. Dieses Mal mit Brille und ohne Rollator.

»Du hast einen Ersatz gefunden, Bruder« sagt When, der weitergehen, die Präsenz des Spions fühlen *und* sich verneigen kann, während er die Augen geschlossen hält.

Joseph nickt ihnen lächelnd zu. Und Latour merkt, dass er den alten Märchenonkel vermisst hat.

»Ja. Die Menschen hier im Krankenhaus waren sehr freundlich und zuvorkommend. Ich werde später zurückkehren und mich für die Art entschuldigen, wie ich mich bei Nacht und Nebel hinausgeschlichen habe.«

Ah, erinnert sich Latour. *Da war ja noch etwas ... Unheimliches an diesem betagten Herren.*

»Wir werden ihnen einige unserer besten Ärzte zur Verfügung stellen«, sagt When leise, seine Stimme wird dafür in Latours Kopf immer lauter und lauter.

Er blickt nach vorne. Eine Gestalt öffnet die Türen des Krankenwagens, springt hinaus, und schließt sich ihnen an.

»Jude. Wie nett. Wir haben gerade von dir gesprochen.«

Die Ärztin nickt ihnen liebevoll zu. »Brüder.« Sie trägt den Sanitäteranzug der Stadt Köln, der ihr wundervoll steht.

»Was hältst du davon, unsere neuen Freunde in der einen oder anderen Technik zu unterweisen?«, fragt Joseph, fast im Plauderton, und Latour fragt sich selbst, ob sie sich nicht langsam mal fokussieren sollten, na ja, auf das große Ding dort vorne, das näher und näher kommt.

»Das wäre mir eine Ehre«, sagt die junge Frau, während sie ihre zahlreichen Taschen auf Verbände, Spritzen und Dinge kontrolliert, die heute Abend hoffentlich keinen Gebrauch finden werden.

*

»Wundervoll«, sagt plötzlich der junge Tourist neben ihm. Anscheinend konnte er sich wieder erinnern, denn der Stadtplan ist verschwunden, und nur ein schelmisches Grinsen auf seinem Gesicht ist übrig geblieben.

»Bruder Kwint.« Alle lächeln ihn an, während der Abstand zu der Kathedrale weiter schmilzt.

»Schwestern. Brüder. Was für eine Freude, euch wohlauf zu sehen.«

»Wie ist es dir ergangen?«

»Ganz großartig. Erst war unsere Eskorte über euer Verschwinden betrübt, das hatte aber keine Auswirkungen auf mein Visum. Ab kommendem Monat unterrichte ich hier an der Schule Elektrotechnik. Wie schön, dass ihre Regierung dem zugestimmt hat.«

Alle lächeln sich an. *Wie bei einer Kaffeefahrt*, denkt Latour, während er jetzt immer genauer und genauer die dunkle Hauptpforte ausmachen kann; und die Wachen, die davor herumlungern.

*

Die nächsten zwei Schatten, die sich zu ihrer kleinen illustren Runde gesellen, überraschen den Diplomaten nicht einmal mehr. Auch nicht, als Pat ihm in die Seite boxt, und er bemerkt, dass er noch ein wenig tiefer sinken muss, ruhetechnisch.

»Feiern können sie hier, das ist keine Frage«, sagt die kleine Preisboxerin mit einer kratzigen Stimme, die Latour schon fast vermisst hat.

Wie seltsam, denkt er. Wie schnell man jemanden vermissen kann. Ich weiß nicht, ob ich hier am richtigen Ort bin, aber was ist schon ein richtiger Ort?

Und der Grund? Bei all den Dingen, für die es sich

anscheinend zu kämpfen lohnt? Zu denen wir angestiftet werden? Immerhin haben sie bisher keinen abgemurkst, denkt er.

Oder glaubt er zumindest, während er noch einmal seinen Blick über Kat und Pat schweifen lässt. Und dann sieht er sie.

Eines weiß ich aber genau: Ich bin mit den richtigen Menschen hier.

*

Verändern sich Menschen, wenn die Zeit vergeht?

Natürlich, beantwortet Latour seine eigene Frage. *Aber verändern sie sich auch, wenn man in ihrer Abwesenheit über sie nachdenkt? Über sie redet?*

Falls ja, habe ich mir diese Frau in den letzten zwei Tagen schön wie den Himmel gedacht.

Schweigend lächelt sie der Gruppe zu, der Rest ihres Körpers gleicht einer unbewegten Statue aus einem klassischen Museum.

Leider nicht so unbekleidet ... Konzentrier dich, du Lüstling!

Ihre High Heels hat sie gegen leichte Turnschuhe eingetauscht, die eigentlich nicht zu ihrem Kleid passen sollten.

»Ihr seid etwas spät«, sagt sie und dem Diplomaten kommt es so vor, als habe er zum ersten Mal ein weibliches Wesen sprechen hören.

Es kann unmöglich sein, dass sie die gleichen Schallwellen benutzen wie wir ...

Konzentrier dich, Francesco!

»Ich dachte schon, ich müsste die kleine Angelegenheit hier alleine lösen.« Sie lächelt wieder, diesmal wölfisch, und nickt in Richtung Eingang.

»Gemeinsam wird es bestimmt schöner, Schwester«, sagt Jude, während der Junge und Joseph nur liebevoll lächeln, und When bereits nicht mehr unter ihnen weilt.

»Und du glaubst doch nicht, dass du die ganzen Jungs dort drin allein vermöbeln wirst«, sagt Katjuscha, auch liebevoll, aber mit einem gewissen Ehrgeiz in ihrer Stimme, als würde sie gleich eine Kerbe schnitzen für jeden, den sie dort drinnen plattwalzen will.

»Na ja, *ihr* habt ja schon einigen Vorsprung. Habt ihr gestern nicht eine Russendisko aufgemischt, *nachdem* ihr einen Irish Pub kurz und klein geschlagen habt? Klingt mir ein bisschen übertrieben.«

»Allerdings. Mir hat die Reihenfolge *ebenfalls* nicht behagt. Aber unsere Begleitung war relativ ... hartnäckig«, sagt Katjuscha lächelnd. »Und wie war es bei dir, Schwester? Ein schönes Rendezvous gehabt?«

»Sehr schön. Leider war mein Gastgeber zu schläfrig und ist früh ins Bett gegangen.«

Dann schaut sie den Diplomaten an. Er will das Rendezvous und ihren Abgang an jenem Abend verdrängen – wie ein kleiner Schuljunge es tun würde, der das erste Mal merkt, dass er nicht das einzige angehende männliche Wesen auf diesem Planeten ist.

Atmen. Atmen.

Wir haben eine Mission.

Öffne dich. Fühle seine Kraft. Fühle seine Kraft.

Fühle meine Kraft.

Langsam scheinen die Wachen auf sie aufmerksam zu werden, bemerkt Latour, wie durch einen Nebelschleier.

Jetzt oder nie, denkt er.

Und fühlt, wie eine Hand seine ergreift. Es ist When. Seine Gedanken sind nun langsam wie Lokomotiven, die zweimal pro Tag gemächlich in einen verschlafenen Bahnhof einfahren.

Wellen rollen über ihn, über sein Herz, durch sein Herz, und der kleine stille Teich in ihm wird zu einem See.

Dann fühlt er, wie seine rechte Hand ergriffen wird. Es ist, als würde sich eine Seidenschlange liebevoll um ihr Opfer winden. Der Druck ist so leicht, aber er spürt eine Kraft anders als die von When. Dunkler, lauernd, zum Sprung bereit.

Kurz schlägt er die Augen auf, und blickt in ihre Augen.

»Ich habe dich vermisst, Sras.«

»Ich weiß.«

Sie lächelt, und er erkennt, dass dieses Licht in ihren Augen schon immer da war.

»Können wir dann? Ich möchte nicht, dass Bruder When ungeduldig wird.«

*

Der Eingang

Der Mond.

Erst beginnt er, kein Licht mehr zu erwidern, welches ihm von seiner großen, aufdringlichen Schwester geschenkt wird. Dann fängt er langsam an zu zerbrechen, ein Wirbel aus Mondgestein zu werden, von dem sich Stück für Stück dem Kreislauf entzieht, und hinaus fliegt, in den dunklen Raum des Universums.

Der Regen gleitet an seiner Aura ab, die sich wie eine zweite Haut über ihn gelegt hat. Keine physische Haut, das haben ihm seine Lehrer immer eingebläut, auch wenn man sie in der physischen Welt nutzen konnte, was Cremp immer dann angemerkt hat, wenn er mal wieder einen Groll auf die Schwestern der Hand gehegt hat.

Nein, diese Aura gleicht eher lieben Worten, die den Regen bitten, seine Kälte zu verlieren und diesen schwachen Körper zu verschonen, nur dieses Mal.

Er kämpft gegen das Schwindelgefühl an, das ihn kurz erfasst, immer dann, wenn er aufrecht steht, statt sanft in einem Tank zu liegen. *Aber diese Zeiten sind vorbei*, lieber When, denkt er, und versucht krampfhaft, sich an seinen Namen zu erinnern.

»In der ersten Stufe wird es euch schwerfallen, die Ruhe zu finden«, hatte der mürrische Heilige immer gesagt, und dabei fast mitleidig gelächelt. »Und dann findet ihr sie. Warum? Weil *jeder* sie irgendwann findet. Selbst ihr.« Dann hat er geschwiegen und sich heimlich über seinen eigenen Witz amüsiert. »Aber nachdem ihr dann die Korken habt knallen lassen und vor Freude nackig die Lindwurmstraße rauf- und runtergerannt seid, werdet ihr schnell merken, dass die zweite Stufe noch viel schwieriger zu meistern ist. Denn dort müsst ihr dagegen ankämpfen, nicht *verloren* zu gehen.«»Und mit kämpfen«, hatte er gesagt, »meine ich *kämpfen*.«

*

Wie schön es hier ist.

Diese Stille. Sieh, dort hinten, ein Bahnhof. Ein alter Zug, in den dein Name einsteigt. Und alle, die ihn kennen, die dich rufen, beleidigen, lieben könnten, sie alle steigen mit ein.

Und nichts bleibt.

Er schwankt für einen Augenblick, nur seine Reflexe halten ihn aufrecht. Und noch etwas Anderes.

»Macht euch keine Sorgen um euren Körper«, hört er wieder Cremps Stimme. »So wie wir nicht aufhören zu atmen, wenn wir gerade mal nicht an das Atmen denken, macht auch in diesem Fall euer Körper weiter mit dem, was er gerade tut. So unwichtig das auch sein mag.«

Wieder ein tadelnder Blick, auch wenn er sich nicht mehr erinnern kann, warum. Aber manche Mensch haben eben das Tadeln zu einer Kunstform entwickelt – oder zu einer Lehrform.

»Und so lange ihr in diesem Orden seid, werden Menschen um euch sein, die euch beistehen werden.«

Ja. Da ist etwas. Da sind sie: ein dunkler Schatten mit Diamanten als Klauen. Eine sanfte Melodie, ein Wind, der über Berggipfel weht. Ich bin nicht allein. Ich bin ...

»Also passt auf. Dass ihr euch nicht komplett verliert. Wir haben Schwestern und Brüder, die darauf spezialisiert sind, euch zurückzuholen. Aber das kann dauern. Und ist nicht immer erfolgreich.«

Ich bin ... Eric Latour? Ich bin Sras Chann?

Bin ich ein Mensch? Oder Energie? Ja, Energie. Es ist so schön. So schön. Diese wundervollen Energien um mich herum. Ja, selbst dort vorne, weit weg, aber nicht so viel, diese Kastenenergien, verschlossen und wie kurze kleine Wellen, sind schön auf ihre Art.

Irgendwo dort draußen schauen sie auf Waffen. Die noch nicht gehoben sind, aber wer weiß.

Irgendjemand sagt etwas, endgültiger Ton, und Muskeln spannen sich an, auf beide Seiten.

Du darfst noch nicht gehen, Bruder.

Eine Stimme.

Du bist When, und die Menschen brauchen dich.

Brauchen dich ...

Und plötzlich fühlt er sich wieder. Und die Energien umspielen ihn wie ein Fluss, der an scharfen Felsen vorbeiwirbelt.

Ja.

Er öffnet die Augen. Lächelt den Männern zu, die vorher vier waren, jetzt neun, aber was spielt das für eine Rolle?

»Wir würden gerne ganz nach oben gehen, wenn es möglich wäre. Dort, wo die Fußballspieler sind. Von 1966«, sagt er, jedes Wort ein kleiner greller Blitz, der unsichtbar die Nacht erhellt; und Muskeln entspannen sich wieder, auf beiden Seiten, denn nicht einmal seine Schwestern und Brüder sind dieser Kraft gewachsen.

Jude weint, der alte Mann grübelt nach und der Rest liegt sich in den Armen – Wachmannschaft inklusive.

*

Brennende Kerzen holen When zurück.

Auch der Regen ist gegangen. *Vielleicht für immer*, denkt When.

»Wundert euch nicht, wenn nach eurer Reise in die Stille Gedanken auftauchen, die keinen Sinn ergeben.«

Wenn Cremp sich noch öfter in meinem Kopf aufhält, werde ich Miete verlangen, sagt sich der Awarianer.

»Weit entfernte Vergangenheiten sind üblich. Orte, die ihr nicht kennt. Oder zu kennen glaubt. Aber das alles wisst ihr ja bereits aus Astro-TV.«

Endlich lacht die Klasse mit, also die wenigen, die die letzten Wochen überlebt haben. Was vor allem daran liegt, dass jeder in dieser Stadt weiß, das der schrullige Heilige Astro-TV *liebt*.

»Aber ihr könnt auch lächerlich heitere Momente erleben oder zutiefst betrübt sein. Alles ist möglich. Ob die Ursache darin liegt, dass das Hirn die Freiheit genießt oder einfach nicht in der Lage ist, zwischen nützlichen und unnützen Gedanken zu unterscheiden, wissen wir nicht. Macht euch einfach auf eine aufregende Zeit gefasst.«

Ihre Schritte hallen durch die Gänge, die er sich größer vorgestellt hat. Die Luft hier drin scheint so alt zu sein, als wäre sie konserviert worden, und könne Geschichten erzählen, aus all den vergangenen Jahrhunderten.

»Du hast mir nicht gesagt, dass du in der Zwischenzeit trainiert hast.«

Eine Stimme, die nicht seine ist. Eine Hand, die ihn loslässt. Jude, die sich um die Wehwehchen der Wachmänner kümmert, die wohl Einiges aufarbeiten müssen, jetzt wo sie endlich ihre innere feminine Seite gefunden haben.

»Und du hast mir nicht gesagt, das du so sentimental geworden bist«, antwortet When wieder an der Oberfläche, die auch ganz ok ist, und lächelt seine Schwester an.

Ihre Schminke ist verlaufen, aber nur ein wenig. Und sie scheint die Auswirkungen abgeschüttelt zu haben, deutet er an ihrem sanften Lächeln. Anders als sein Freund Eric, dessen Kopf so rot ist, dass When besorgt fragt, ob mit ihm alles okay ist.

»Natürlich«, sagt der Diplomat und schluckt schwer. Er schaut mit fast unmenschlicher Contenance an der Frau vorbei, die er eben unter mildernden Umständen geküsst hat.

»Den Pegel runterfahren. Ich verstehe«, sagt Eric fast anschuldigend, bevor sich ein Lächeln auf sein Gesicht stiehlt.

»Das war mein Plan. Es hat sich aber herausgestellt, dass wir wirklich einfach zu gut aussehen, um unbemerkt zu bleiben. Also habe ich ...«

»Den Pegel hochgefahren. Auf ›Wir ärgern die Nachbarn ... Vom nächsten Kontinent.‹«

»Ich würde es bescheidener ausdrücken ...«, sagt When, sie schauen sich in die Augen. »Aber das trifft es ganz gut.«

*

Eine Hand legt sich auf Whens Schulter. Kwint und der alte Herr sind verschwunden, wahrscheinlich haben sie in den vergangenen Sekunden bereits die gesamte Kathedrale verwanzt und videoüberwacht.

Er sieht Kat und Pat, die begonnen haben, Dehnübungen zu machen, was Show ist, das weiß When. Erfreut stellt er fest, dass sein Verstand wieder einigermaßen intakt ist.

»Wie nett, dass ihr die Zeit genutzt habt, um euch näher kennenzulernen. Das muss ja eine tolle Zeit in eurem Hotelzimmer gewesen sein.« Sras klingt amüsiert, während sie zwischen ihn und Eric tritt und When mit einem leichten Ruck nach vorne schauen lässt. »Aber ich muss euch an dieser Stelle unterbrechen. Wir bekommen Gesellschaft.«

Ihre Stimme ist wieder tief, während sie in Richtung der nächsten Patrouille schaut, die gelassen in ihre Richtung geschlendert kommt. Maßgeschneiderte Anzüge. Keine sichtbaren Waffen. Vermutlich private Sicherheitsleute, der ein oder andere vielleicht sogar mit einem Abschluss in Konfliktmanagement.

»Ich hoffe, du hast noch nicht all deine Tricks aufgebraucht, Freund«, sagt der Diplomat, während er seine Krawatte zurechtrückt.

»Finden wir es heraus«, antwortet der Awarianer, und fällt wieder tief hinab in den Himmel.

*

Die Tür ist so schön, gleicht eher einer Pforte, denkt der Diplomat. War ich jemals so glücklich, eine einfache Tür zu sehen? Es ist ein bisschen merkwürdig, dass am Eingang zum Olymp keine Wachen stehen.

Eine schöne Tür aus Eiche vielleicht und das Wichtigste: Sie ist nur noch zehn Meter entfernt.

Der Letzte der Special Forces irgendwo aus einem geheimen Söldnertrainingscamp klopft ihm freundschaftlich auf die Schulter und wendet sich ab.

»Ehrlich, When«, Latour schüttelt noch ein paar Hände, »hätte ich gewusst, wie leicht das hier wird, hätte ich es mir vor dem Fernseher gemütlich gemacht, und das alles in den Nachrichten verfolgt.«

Keine Antwort. Aber ein leichtes Ziehen in seinem Kopf.

»When?«

Keine Antwort.

Latour dreht sich um. Sieht die ernsten Gesichter. Das Ziehen wird stärker, man könnte es fast Kopfschmerz nennen, denkt er, hätten wir jetzt Zeit für so etwas.

Dann sieht er Schatten, zwei Schatten, die sich hinter einer Säule abzeichnen und schnell näher kommen.

Keine Wachen, schießt es ihm durch den Kopf. *Ich hätte es wissen müssen.*

*

»Sras.«

When blickt seine Schwester an, die Mauern in ihm wanken. Er atmet schwer, sucht nach dem stillen Punkt.

»Ich weiß«, antwortet sie nur. Taucht an ihm vorbei, und plötzlich ist der Diplomat zwischen den drei Frauen, Sichtfeld verdeckt, was vielleicht besser ist, denn der Kopfschmerz scheint eine Richtung zu haben.

»Was ist das, Schwester?«

Das erste Mal, dass Latour etwas Unsicherheit in Pats Stimme vernimmt.

»Keine Zeit.« Für eine Millisekunde blickt sie ihm in die Augen. »Du hast ab jetzt nur eine Aufgabe: Wenn du eine Lücke siehst, läufst du. Verstanden?«

»Eine Lücke. Warum ...?«

»Du läufst. Du musst hinter diese Tür gelangen« schneidet sie dem Diplomaten das Wort ab. »Egal, was passiert.«

Latours Kopf ist mittlerweile ein Glockengeläut, aber er nickt.

Pat läuft Blut aus der Nase.

Dann wenden sie sich um.

*

»Die Awarianer. Wir haben von euch gehört.«

Zwei Gestalten. In Mönchskutten, die Gesichter tief unter den Kapuzen verborgen. Sie müssen aus einem der Nebengänge gekommen sein, versucht Latour zu schließen, sieht aber plötzlich keine Nebengänge mehr in diesem Bereich.

Die Luft vor ihnen beginnt zu flimmern und jeder Zentimeter, den er sich nach vorne pressen will, ist ein Kampf.

»Wisst ihr, dass *Awarie* auf Polnisch Katastrophe bedeutet? Passend, findet ihr nicht?« Die Stimme trieft vor Spott. Dennoch gibt es nichts, dass sie abhalten könnte. »Euer Geist ist vom rechten Pfad abgewichen. Ihr seid eine Mutation. Ebenso wie eure Gemeinschaft.«

»Dies ist heiliger Boden. Ihr aber tragt den Dämon in euch«, fährt die andere Gestalt fort. Weiblich, sanfte Stimme, fast heiter.

»Na ja ...« Eric kämpft. Die Hoffnung ist aus ihm gewichen, er hat nicht einmal mehr die Kraft, aufrecht zu stehen. »Dort hinter dieser

Tür sind ja auch nicht gerade die friedlichsten Lämmer versammelt.« *Aber wer braucht schon Hoffnung, wenn er einen guten Witz landen kann.*

Dann fällt die Kapuze der linken Gestalt. Ein Mädchen nicht älter als Kwint kommt zum Vorschein. Zartes Gesicht, violette Augen.

»Wow. Jetzt schickt die Kirche schon kleine Mädchen, um ihre Kämpfe auszutragen.«

»Eric«, unterbricht ihn When. »Nicht.« Seine Stimme klingt wie Glas, an dessen Rand sich ein kleiner Riss beginnt abzuzeichnen.

»Pass auf, Kleine. Ich weiß, es sieht gerade nicht so aus, aber wir sind die Guten. Und wir wollen etwas sehr, sehr Gutes tun.« Seine Stimme klingt so, als würde er seiner kleinen Schwester zeigen, wie man Schuhe bindet.

Das Mädchen steht unberührt da, mit wirklichem Interesse auf ihrem Gesicht. Die andere Gestalt scheint den Rest der Gruppe zu fixieren. When hat die Augen halb geschlossen, die Schwestern der Hand stehen bereit in Kampfposition, lautlos atmend.

»Also, wie wäre das? Du nimmst jetzt deinen Kapuzenkumpel und lässt uns durch, dann passiert niemandem etwas. Und ich breche das nächste Mal das Brot beim Abendmahl, versprochen.«

»Wie zuvorkommend von dir.« Das Mädchen tritt nach vorne, fixiert den Diplomaten. »Eric, nicht war?«

»Ich bin geschmeichelt«, sagt er aufrichtig. »Und dein werter Name?«

»Wissen deine Freunde«, fährt sie fort, während sie langsam näher kommt, »dass du in Wahrheit Eric Latüne bist, Sohn von Pascal Latüne, einem der schlimmsten Menschen, den diese Welt je gesehen hat?«

Er lächelt, immer noch. Schweigt aber.

»Das dachte ich mir.« Sie bleibt stehen. Hebt die Hand.

»When, Schutzschild!«, hallt es hinter ihm. Der Awarianer bewegt sich nicht. Das Dröhnen wird noch lauter.

»Aber schlimmer als seine Bösartigkeit, ist deine Nutzlosigkeit.«

»When. Schild!« Sras schreit jetzt.

When öffnet endlich die Augen. Murmelt etwas, verzerrt, entstellt.

Latour kämpft, schenkt dem Mädchen sein schönstes, schwerstes Lächeln. Dann lächelt sie zurück. Ein glühendes Eisen fährt durch seinen Geist, und er fällt, während er sich vollscheißt und vollpisst, beides zugleich.

*

Erbärmlich.

Er ist plötzlich in seinem Kopf. Die Stimmen draußen verzerren sich, Bilder vor ihm

verschwimmen. Whens Atem beginnt zu sto-
cken.

Diese Kraft.

Gespeist vom echten Glauben, Awarianer. Nicht von Heidentum und ein paar billigen Zaubertricks.

Whens Körper wankt, sein Geist ist umgeben von Lavaströmen, ausgetrocknet durch die flimmernde Hitze ringsum wie ein trockener Zweig.

Cremp, wo bist du? Illuvia? Warum habt ihr uns das nicht gesagt? Wo seid ihr? Wo sind eure Ratschläge?

Sie sind nicht da, Awarianer. Ihre Existenz, deine Existenz, gleicht den Ideen und Techniken, die ihr so eifrig lernt: Sie sind alle nutzlos.

When will sich wehren, seinen Atem wieder unter Kontrolle bringen. Wieder in den stillen See hinabtauchen. Aber da ist nur ein Meer aus brennendem Öl, das alles Leben verzehrt.

Und du bist die Krönung der Nutzlosigkeit, When. Ebenso nutzlos wie deine Schwester es gewesen ist.

»Nein!« When schreit auf. Die Mauern in ihm wachsen, eine Dunkelheit breitet sich in ihm aus. Kurz, aber voller Energie, verzehrt sie einen Teil des Feuers in ihm.

Verzeih bitte, aber ich bin überrascht, wie gut eure Propaganda funktioniert. Und wie einfältig ihr seid.

In seinem Geist leuchten violette Augen, und der Spott in der Stimme seines Gegners brennt sich wie Säure in Whens Herz.

Du glaubst nicht wirklich an diese Geschichten? Dass ein kleines Mädchen von den Engeln an die Hand genommen wurde und hinaufgeflogen ist, um alle Atomraketen vom Himmel zu pflücken wie einen Strauß Blumen?

Eine giftige Welle nach der anderen brandet über ihn hinweg, bis er in die Knie geht. Schweiß strömt über sein Gesicht, das Salz brennt in seinen Augen.

Dass sie gestorben ist, When, belanglos und erbärmlich, das glaube ich euch. Und dass euer Hexenwerk eine ganze Welt geblendet hat. Aber das werden wir beenden. Wir werden dich und deine Brut auslöschen, euch ausbrennen wie Pestbeulen. Und mit dir beginnen wir.

When lässt den Knopf sinken. In seinem Geist herrscht nur noch Chaos. Und Trauer.

Weit entfernt hört er Rufe, sieht Pat und Kat an sich vorbeirennen, auf ihre Gegner zu.

Er sieht Sras, wie sie sich über seinen Freund beugt, der in seinen Exkrementen liegt, eine Hand verdreht, in wilden Zuckungen. Zärtlich streicht sie ihm über die Wange.

Vor ihm, weit vorne, auf der unendlichen Entfernung – zwischen ihnen und der schönen Tür – entbrennt ein Kampf.

Ich muss helfen.

Ich muss helfen.

Ich habe versagt. Ich kann es nicht wiedergutmachen. Alles ist verloren.

Tränen beginnen, seine Wangen hinabzu-
laufen.

*Ich bin machtlos, gegen solche Kraft. Ich habe alle
im Stich gelassen.*

Vor ihm verschwimmen Pat und das Mädchen in einem Wirbel aus Armen und Beinen.
Neben ihm hat Sras den Kopf des Diplomaten
vorsichtig auf den Stein gebettet. Dann blickt sie
ihn an. Wie einst seine Schwester es getan hat.

Ich habe versagt ... Ich kann nicht ... Alles ist ...

»Sorge dich nicht, Bruder, ruh dich aus. Alles
kommt in Ordnung.« Dann blickt sie nach vorne.
Und Staubteilchen beginnen aufzuleuchten und
zu tanzen, um sie herum.

*

Nahkampf

»Ich nehme mir Pippi Langstrumpf vor, Love«, sagt Pat entschieden und nickt Kat ernst zu. »Du kriegst den anderen Lappen.« Dann tritt sie dem Mädchen entgegen.

»Ah, das wilde Liebespaar. Welche Schande, dass etwas wie ihr auf dieser Erde sein widerliches Unwesen treiben darf.«

Patricia fokussiert sich. Ihre Welt wird ein Tunnel, an dessen Ende aber nicht das süße Licht wartet, sondern ein süßes Gesicht. In das sie physikalische Kraft induzieren wird, bis der Sprachapparat nicht mehr in der Lage ist, auch nur ein einziges Wort aussprechen zu können.

»Und diese Mischung.« Jedes Wort ihrer Gegnerin bringt eine Welle mit sich, einen weiteren Schwall Blut, der aus Pats Nase fließt, während die elektrischen Signale gefühlte Ewigkeiten brauchen, bis sie ihre Extremitäten erreichen.

Vielleicht hätte ich bei dem Voodootraining doch besser aufpassen sollen, das When und die anderen absolviert haben.

»Irisches Bauernvolk trifft auf russische Vollbluthure. Wie erfrischend.«

Noch zwei Meter. Das Blut fließt schneller, der Widerstand wird stärker. Aber Pat auch. Ihre Muskeln gehen in Abschussposition, in ihrem gedrungenen Körper fängt eine helle Sonne an zu brennen.

»Dass ein russischer Hackerangriff eure traurige Hightech-Wirtschaft wieder in die Zeit der Kartoffelfäule geschossen hat, stört dich nicht?«

Pat bleibt stehen. Lächelt.

Das Mädchen scheint verwirrt, eine Millisekunde lang.

»Ganz ehrlich? In jeder perfekten Beziehung gibt es mal Streit. Aber keine Sorge, wir vertragen uns immer wieder.«

*

Pats erster Schlag zielt auf die Brust, aber das Mädchen ist schnell. Es weicht nach links aus und antwortet mit einem präzisen Schlag gegen Pats Schläfe, der sie taumeln lässt.

Ah, willkommene Taubheit, denkt sie verbissen. *Immerhin sind die Kopfschmerzen weniger geworden.*

Zwei Fußtritte treffen sie gegen die Brust, ohne dass sie ausweichen kann. Ausweichen ist aber ohnehin nicht wirklich ihre Sache, also steckt sie die Treffer ein. Hart, denkt sie. Sehr hart, für so ein zartes Füßchen. Sie antwortet mit einem geraden Tritt, der einem der steinernen Heiligen die Bierwampe durch den Hals gepresst hätte, aber die Kleine taucht ab, seitlich.

Da hat jemand nicht nur alte Folianten gewälzt, schießt es Pat anerkennend durch den Kopf, während sie zurückweicht, um drei blitzschnellen Fußtritten auszuweichen.

Bin ich etwa gerade zurückgewichen?, denkt sie erbost und holt Luft. *Okay, Prinzessin, dann schauen wir mal, ob du auch gut im Ringkampf bist.*

*

»Ich bin wirklich beeindruckt«, sagt das Mädchen lächelnd.

Dass ihr Atem noch ruhig geht und keine Schweißperle – ja nicht einmal Blut – an ihr hinab läuft, sollte der Irin ernste Sorgen bereiten, wenn es überhaupt in diesem Moment noch etwas geben würde, was ihr Sorgen machen könnte.

»Anscheinend ist zwischen Unzucht treiben und dem Heidentum opfern noch genug Zeit, um ein bisschen Sport zu treiben. Bei uns könntest du noch viel stärker werden ... Wenn du den Schweinetrog täglich füllst und die Latrinen leerst.«

Pat antwortet nicht. Sie geht in die Hocke, fast unmerklich, konzentriert ihren Schwerpunkt. Breitet die Arme aus.

»Wie du schon gesagt hast, Love, ich bin eine einfache Bäuerin. Harte Landarbeit macht mir nichts aus.«

Dann schießt sie nach vorne, schneller, als alles, was das Mädchen jemals gesehen hat; Sie weicht einmal aus, zweimal, lässt einen Hagel von Tritten und Schlägen auf ihre Gegnerin los, dann einen verzweifelten Kopfstoß.

Aber die Irin bricht durch, kommt immer näher, bis ihre Arme in einer Zangenbewegung den Körper des Mädchens umkreisen; ihre Hände sich hinter hinter ihrem zarten Rücken finden. Und sie einschließen.

*

Verstärkung

Katjuscha geht langsam auf den Lappen zu, der immer noch regungslos dort steht.

Ihr Körper ist ein Automat, nur ihr Geist bewegt sich. Sie weicht aus, blockt ab, verwandelt sich in Stein.

»Interessant«, sagt die Gestalt. »Nicht außergewöhnlich, aber interessant.«

»Ich kann es dir beibringen. Wenn du uns durchlässt. Und deine kleine Freundin zurückpfeifst.«

»Das ist leider nicht möglich. Aber vielleicht komme ich auf das Angebot zurück. Irgendwann.«

Der Lappen macht eine kleine Handbewegung. Kat geht in Angriffsposition, hört Stein auf Stein schleifen, und erblickt weitere Gestalten, die sich von rechts und links nähern. Dutzende, wo eben noch Mauer war.

Sie seufzt unmerklich auf, ändert ihre Fußposition auf 360 Grad Verteidigung, wenn es so etwas gibt. Dann lächelt sie in Richtung ihrer Freunde, in die Richtung der Prügelmönche.

»Die Kirche. Ich hätte es mir denken können.

Euch gehen einfach niemals die braven Schafe
aus.«

*

Sie will nach vorne schnellen und der Schlange
den Kopf abschlagen, den Lappen als Tür-
öffner benutzen, aber das Team von rechts
ist doch relativ schnell. Und koordiniert. Also
schießt sie auf den mittleren zu und platziert
einen Tritt in seiner, oder ihrer Magengrube,
schwer zu erkennen. Aber auch egal..sie hat
keine Vorlieben, wenn es darum geht, wen sie
auf die Matte schickt. Oberkörper und Beine
kommen sich bei dem Getroffenen hilfreich
entgegen, wie ein Klappmesser, bevor er zu
Boden geht.

Die Flanken versuchen den Moment zu nutzen
und greifen fast simultan an, der eine mit einem
hohen Faustschlag, die andere(ihr langes Haar
kommt unter der Kutte zum Vorschein, deshalb
relativ sicher eine Sie) zielt mit einem Drehtritt
auf Kats Knie.

Noch zu früh für das gesamte Abendprogramm,
denkt sie in so Augenblicken immer und lässt
den Kampfspagat im Holster. Stattdessen springt
sie über den Bodenfeger, tritt dem Faustschlag-
mann beide Füße so fest ins Gesicht, dass sie
für einen Moment fürchtet, der Kopf würde sich

vom Hals lösen und wie eine Flipperkugel durch die Domgänge prallen.

Noch im Flug feuert sie ihre Fäuste auf die Bodenfegerin ab, bringt sie ins Wanken ohne ihre Nase zu brechen.

Ok, vielleicht bin ich doch parteiisch, denkt Kat, während ihre Füße wieder sanft den Boden berühren. Mea Kulpa, wie ihre Kontrahenten es so schön in Latein sagen würden.

Erste Reihe weg; Pat rollt sich über den Boden, wie immer, und scheint gerade echte Freundschaft zu schließen. Der Lappen ist leider außerhalb ihrer Reichweite. *Ob der fürs Stehen bezahlt wird?*, denkt sie amüsiert, bis sie die nächste Reihe auf sich zukommen sieht. Dieses Mal mit Stöcken bewaffnet.

Aha, wir lernen.

*

Down under

Irgendwie finde ich das hier ... ganz nett, denkt Pat, während sie langsam Atem und Leben aus der Prinzessin presst.

Sie ist wirklich sehr schön. Auch wenn das Gekreische ein bisschen undamenhaft ist. Warum sollte ich gerade jetzt loslassen? Und die Kopfstöße? Meine Liebe, ich habe jetzt gerade keinen Spiegel bei mir, aber von meinem Gesicht ist nach deiner Wellness-Behandlung eh nicht mehr genug übrig, um sich darüber noch Sorgen zu machen.

Sie hört den ein oder andere Knochen, der knackt, ausgerenkt wird, oder eingerenkt, was Pat lieber wäre.

Diese Augen ... Noch viel schöner, weil endlich die Schwäche Einzug gehalten hat und sie sich bald schließen werden.

Warte, verliebe ich mich gerade in die Kleine?

Dann sieht sie plötzlich Stiefel, viele Stiefel, überall, hört Kampfstäbe in der Luft sirren, sieht Kat aus den Augenwinkeln, wirbeln unter dem Ansturm. When und der knackige Ausländer sind am Boden.

Ach, was soll's, denkt sie kurz, und presst Pippi

Langstrumpf ihre blutenden Lippen auf den verzerrten Mund, bevor die Waffen auf sie niederfahren.

*

Betrachtungen aus Bodenperspektive

Einmal neun ist neun.

Wie merkwürdig, denkt er. Dabei hat er Mathe noch nie gemocht.

Er öffnet die Augen, sieht nach oben – oder zumindest denkt er, dass dort oben oben ist. Aber damals bei einem Tauchgang, als ihn das Vertigo erwischt hat, wusste er auch nicht mehr, wo unten und oben war. Es war einfach so viel Wasser, wo immer er auch hingeschaut hat.

Zweimal neun ist achtzehn, überlegt er weiter, während sein Gehirn – jetzt nicht mehr im Barbecue-Zustand über einem gemütlichem Lagerfeuer, einen kleinen Check-up durchführt.

Er liegt auf dem Rücken, zu eindeutig lassen seine Drucksensoren ihn den kalten Boden spüren, und etwas Weiches liegt unter seinem Kopf.

Innerlich fühlt er sich irgendwie leicht, dafür hat sein Körper gesorgt. Seine linke Hand ist verdreht, warum, weiß er nicht, aber die Schmerzen sind okay, außerdem ist er Rechtshänder, meint er sich durch einen Schleier erinnern zu können.

Dreimal neun ist siebenundzwanzig. Und was ist

daran interessant, fragt er sich? Wenn er doch ein Blatt hätte, um es sich aufzuschreiben.

Nebenbei bemerkt er, dass immer noch ein Zittern durch seinen Körper geht. Aber wer seit Jahren mit dem Restless-Legs-Syndrom leben muss, hat sich an das Zucken gewöhnt, und hofft nur, dass die Dame nicht auf eine Übernachtung besteht.

Und sonst noch etwas? Ja, sein Gesicht ist nass, er muss geweint haben, irgendwo auf dem Weg von der aufrechten in die Liegeposition. Aber das ist okay, war doch dieser Schmerz eher ... außergewöhnlich.

Nun erinnert er sich. Diese Ruhe, When, dann dieser furchtbare Schmerz. Dieses Schuldgefühl, diese Scham, die ihn bis zur äußersten Dunkelheit seiner Existenz getrieben hat.

Vier mal neun ist sechsunddreißig. Erinnere dich. Der Multiplikator. Eins, zwei, drei, vier.

When.

Die Einer.

Sras.

Sie ergeben immer eine zehn, einen vollen Zehner. Pat, Kat. Die Aufgabe.

Langsam kehrt sein Gehör zurück. Er vernimmt Stimmen. Der Schleier vor seinen Augen schwindet, die hohe Decke schaut auf ihn herab, und er sieht Körper.

Eine Null dranhängen. Mathe ist einfach, du Dummkopf.

Und die Tür.

Und den Einer wieder abziehen. Hast du es jetzt kapiert, Dummkopf?

»Ja, habe ich«, flüstert er leise.

Dann hast du genug gepennt. Schau dich um!

*

Sein Blick wandert von links nach rechts. Immer Grad um Grad, weil er nicht auffallen will. Aber so wie es aussieht, spielt er gerade keine Hauptrolle in diesem üppigen Mummenschanz.

So viele Kutten habe ich das letzte Mal gesehen, als ich in einer Kirche gregorianischen Gesängen gelauscht habe.

Aber die Sänger hatten keine Stäbe dabei. Und haben auch nicht auf seine Freunde eingedroschen.

Durch all die Beine und Leiber hindurch sieht er Pat, die am Boden liegt, einen schlaffen Körper unter sich begraben, und ein Haufen Mönche, die auf sie einschlagen. Kat versucht zu ihr durchzudringen, aber Mauer um Mauer aus Gegnern türmt sich vor ihr auf.

Kwint und der alte Mann liegen dort, wo einmal Wände und Säulen waren, zusammen gesackt und hoffentlich nur bewusstlos.

Wo ist When?

Er sieht ihn, erschreckt fast, so nah ist er hinter

ihm, zusammen gesunken. Latour spürt nichts mehr, keinen Frieden, keine Ruhe und weiß instinktiv, dass sein Freund aus dem Spiel genommen wurde.

So wie Jude, die mit erhobenen Händen hinter ihnen an der Wand steht. Anscheinend reicht die neu gewonnene Freundschaft zwischen ihnen und den Wachleuten doch nicht ganz so tief.

*

Killer wie ich

Na, das läuft ja wie am Schnürchen.

Er schließt wieder die Augen. Atmet durch, wünscht sich auf eine der vielen Privatinseln seines Vaters – da wird es nachher noch Einiges an Redebedarf geben ...falls es ein Nachher gibt. In ihm ist nur die bleierne Leere. Keine Stille. Nur Trauer.

Tu etwas.

Ich kann nicht.

Tu etwas. Denk an die Tür!

Sie ist so weit weg. So weit.

Eine Lücke, hat sie gesagt. Such eine Lücke.

Er öffnet die Augen. Um noch ein paar Grad weiter nach rechts dreht er den schweren Kopf und dann sieht er sie, wie sie durch die Angreifer geht: ruhig, langsam.

*

Zwei Kampfstäbe kommen auf sie zugeflogen, geschwungen von XXL size Mönchen. Den einen blockt sie und bricht in durch, den anderen fängt sie ab, balanciert seine Spitze für einen Augenblick auf ihrem Finger, dann stößt sie ihn zurück, präzise in das rechte Auge des Angreifers, wie ein Meisterbillardspieler eine Kugel versenkt.

Die zwei Scharfrichter, die immer noch auf Pats Körper, und aus Versehen auf den Körper ihrer Schwester darunter einschlagen, als müssten sie eine gewisse Zahl von Schlägen als Strafe verteilen, erwischt sie von hinten mit zwei Nackenschlägen. Noch bevor sie zu Boden gehen, wie im Duett, zieht sie die beiden Frauen beiseite und bettet sie nebeneinander, während sie geistesabwesend die beiden freigewordenen Folterstäbe über Kats linke und rechte Schulter schleudert und zwei weitere Angreifer auf die Ersatzbank schickt(was einfacher klingt als es ist, bewegt sich ihre Schwester ja auch nicht gerade langsam, ...aber man kennt sich ...und seine Bewegungen).

Dann richtet sie sich auf. Einige der weniger großen Messdiener weichen zurück, wenn auch nur ein wenig.

Ahh, die Kriegsverbrecher sind da, hallt es plötzlich in ihrem Kopf.

*

»Weiß dein Orden um deine Vergangenheit? Wissen sie, dass du ein Killer bist?«

Der Mönch hat seine Kapuze vom Kopf gezogen. Kurze, schwarze Haare kommen hervor, blasse Haut, wahrscheinlich der Bruder der kleinen, so wie seine violetten Augen leuchten.

»Wissen sie, dass deine Großeltern Rote Khmer waren? Dass du ein direkter Nachfahre von Tah Mok bist, einem der Schlimmsten unter Ihnen? Und was für unaussprechliche Verbrechen ihr alle begangen habt?«

Sras geht jetzt auf ihn zu, ignoriert Tritte, weicht Schlägen aus. Die Augen sind nur auf ihr Ziel gerichtet.

Die Kopfschmerzen werden wieder stärker, je näher sie ihrem Gegner kommt, aber das kennt sie, zu gründlich war ihr Sparring gegen Mitglieder der Abwehrtruppe, bei denen sie sich für die allzu harte Reaktion auf jeden Fall mal entschuldigen sollte, verspricht sie sich.

»Haben sie die Gesichter gesehen, in Tuol-Sleng? Deine Familie hat ja immer gern mit ihren Foltermethoden geprahlt.«

Wenige Meter trennen die beiden jetzt noch voneinander. Sras atmet ein. Der Junge hat plötzlich zwei Stäbe wie aus dem Nichts in der Hand;

Netter Trick.

»Harte Worte von jemandem, der Mitglied einer Organisation ist, die Millionen von Menschen zu Tode gefoltert hat.«

Sie spricht, will sich nicht auf seine Gedanken-

ebene begeben. Sie spannt sich an, fixiert einen
Punkt hinter der Brust des Gegners.

»Aber mit einem hast du recht: Ich bin ein Killer.«

*

Kriechen für Anfänger

Latour rollt sich so unauffällig wie möglich auf den Bauch.

Aus den Augenwinkeln sieht er, wie die Sicherheitsleute näher kommen, Gewehre aber auf den Boden gerichtet, was er eher für eine gutes Zeichen hält.

Sie genießen die Show, denkt er. Kann ich verstehen. *Dann bieten wir dem Publikum doch mal ein gescheites Finale.*

Dann fängt er an zu kriechen.

Vielleicht sollte ich die Entscheidungen in meinem Leben, die wirklich entscheidenden, in Zukunft etwas genauer überdenken.

Er beginnt zu robben wie damals in der Armee, Feuerhöhe Maschinengewehr vierzig cm. Und kommt einen Meter weit, bis er an den Füßen gepackt wird. Plötzlich geht es rückwärts. Er ist einigermaßen überrascht, als er sich umschaut und eine Mönchsfigur erblickt, die nur halb so groß ist wie er.

Latour versucht sich zu wehren, strampelt wie ein Käfer auf dem Rücken. Und tatsächlich: Es wirkt. Der Kampfzwerg geht zu Boden. *Okay,* denkt er, *der Taser, den Jude aus zehn Metern ge-schleudert hat – mit gefesselten Händen – und der dann zielgenau den Kapuzenkopf getroffen hat, mag auch ein Grund für den Niedergang des christlichen Abendlandes* gewesen sein, aber seine Kampf-stiefel haben bestimmt auch einen Anteil von mindestens zehn Prozent daran.

Ah, mein erster Treffer. Er lächelt Jude zu, die kurz zurücklächelt, bevor sie mit einem Faust-hieb ausgeknockt wird.

Er rollt sich wieder herum.

Also, wo waren wir?

Ah ja, kriechen.

*

Die nächste Etappe beträgt sage und schreibe fünf Meter, auf denen er sich wieder und wieder fragt, wie er es von seinen Yachten und Ferraris auf den Boden des Kölner Doms geschafft hat.

Bin ich etwa tief in meinem Inneren ein Adrenalin-junkie kontempliert er?

Das Robben funktioniert jetzt besser, immerhin muss er nicht den Schwersten der Kompanie in der Beinzange fünfzig Meter vom Feld schleppen.

Dann schreit er plötzlich auf, als ihn einer die-ser Stäbe im Rücken trifft, die so schön leicht und unscheinbar ausgesehen haben, vor dem Treffer. Er versucht, den Schmerz zu ignorieren – ein Satz, den er sich in Zukunft auf sein Shirt sticken wird – , und robbt weiter.

Ein zweiter Schlag prasselt nieder, dann folgt ein Schrei und die Schläge hören abrupt auf. Er hört eine kratzige Frauenstimme angeekelt würgen und ausspucken, konzentriert sich aber weiter auf die Schneise, die seine Kriegerprinzessin ihm geschlagen hat.

Oder wollte ich auf diese Art und Weise die eine, ganz besondere Frau kennenlernen?

*

Nächste Station: die Wirkungsstätte der noch aufrecht stehenden Weithosen. Was für ein dummer Begriff eines dummen Journalisten, der nicht weiß, was ein Hakama ist. Und er weiß, dass diese Frauen wohl ungern gegen nur einen *einzigen* Gegner kämpfen. Beweis dafür ist die Russin. Zumindest ist sie kaum mehr sichtbar zwischen den Gegnern, die noch stehen.

Einer von denen wird auf Latour aufmerksam, will sich auf ihn stürzen, bekommt aber einen seiner Kameraden in den Rücken und knallt gemeinsam mit besagtem Wurfgeschoss gegen die nächste Wand.

Kurz sieht er Kats Gesicht in der Meute und er meint, sie lächeln zu sehen, unter ihrem jetzt farbenfrohem Gesicht.

Noch acht Meter. Vielleicht sogar weniger.

Er hat es an seiner zukünftigen Geliebten vorbei geschafft, und ihrem Gegner.

Der Plan mit der einen, außergewöhnlichen Frau hat definitiv funktioniert, entscheidet er zufrieden, auch wenn er zu Beginn selbst noch nichts von diesem Plan wusste.

Für einen Moment hatte er in Erwägung gezogen, den tapferen Ritter in scheinender Rüstung zu spielen, ist aber dann zu der berechtigten Auffassung gekommen, dass er erstens keine Sekunde überleben würde, da blitzschnell gefällt von dem Stäbeknilch *oder* ihr, und zweitens, dass er eher wir eine verrostete Klette auf dürrem Klepper alles versauen würde, was Sras noch mit dem Knaben vorhat.

Außerdem hat ihn das Gefühl beschlichen, dass selbst sie sich die Zeit genommen hat, um ihm in dem Prügelgewitter ein Lächeln zu schenken und vier Worte zu formen, von denen zumindest das erste irgendwas mit *Liebe* zu tun hat. Was das Lächeln angeht, hatte er den gleichen Eindruck bei Josef und Kwint, die sich wild umhergewälzt haben, um seine Gegner abzulenken, also *muss* es sich um eine Fata Morgana handeln.

*

Da ist sie endlich, und endlich in Reichweite. Die Tür, nur noch sechs Meter entfernt.

Langsam geht er in die Hocke. Versucht, seine Muskeln zu aktivieren, das was noch übrig ist zumindest, und irgendwie, irgendwie, an drei weiteren Mönchen vorbeizukommen, die bestockt und kampfbereit lächeln.

*

Die Lücke

Er atmet durch. Richtet sich ganz auf.

Die müssen die Mönche irgendwo in den Katakomben am Fließband herstellen.

Er prüft die Flanken, aber da ist zu wenig Platz, um vorbeizurennen, und an den Wänden entlangspazieren kann er noch nicht, hat er sich aber bereits fest auf seine Vorsatzliste geschrieben.

Und mittendurch? Schwierig, anscheinend haben sie sich die Größten für den Schluss aufgehoben.

Was soll's, denkt er trotzig. *Wir sind so weit gekommen, also werde ich durchbrechen, ganz egal wie.*

Er beginnt zu rennen.

Aber bei Gott, Bruder, ich könnte jetzt wirklich deine Hilfe brauchen.

*

Du weißt, was du nicht richtig gemacht hast?

Whens Augen sind geschlossen. Jemand hat einen Stab um seinen Hals gelegt und hält ihn im Schraubstock. Ein anderer hat sich auf seine

Füße geworfen, was sich als unnötig erweist, ist dieser Eindringling doch der Einzige, der keine Widerstand mehr leistet.

Nein. Ich weiß es nicht. Ich weiß nichts mehr. Die Lehren, das Training, die Stille. Sie alle sind weg.

Was gelogen ist, denn die Erinnerungen, alle schmerzhaften, sind noch da; nein, nur *sie* sind da, und haben alles ertränkt, was ihn einst beflügelt hat, angetrieben hat.

Du bist arrogant, When. Du warst es schon immer, auch in dem Moment, als du diese Hallen betreten hast.

»Und meine Gegner haben es gesehen«, flüstert er.

Ja, When. Unsre Gegner sind immer *da, um uns unsere Schwäche aufzuzeigen.*

Er kneift seine Augen noch fester zusammen. Tränen, von denen er nicht gedacht hat, dass sie noch Salz finden würden, quellen hinab.

»Arrogant.«

When, selbst die größten Weisen hatten nicht die geringste Chance, allein gegen ihre Widersacher zu bestehen. Wir sind nur Menschen. Du bist nur ein Mensch.

»Sie war nur ein Mensch.« Wieder ein Flüstern, aber seine Gegner scheinen es gehört zu haben, denn sie werden wachsamer, ihr Druck stärker.

Ja. Nur ein Mensch. Ein Nichts. Klein, ohnmächtig. Schwach.

*84000 tausend Gründe, die gegen uns sprechen.
When, jeder ist größer und stärker als wir. Und doch
ist Hoffnung.*

»Weil wir einen Verbündeten haben. Eine
Macht.«

*Ja. Und du kennst diese Macht. Du hast sie kennen
gelernt, in deinen dunkelsten Stunden. Lass deine
Erwartungen gehen. Du wirst nichts erreichen, was
nicht geschehen soll. Ergib dich dieser Macht.*

Wieder atmet er ein. Aber dieses Mal ist die
Luft fast wie eine Melodie, sein ganzer Körper
entspannt sich.

»Ich verstehe es nicht. Ich schaffe es nicht. Niemals.«

Und dann beginnt er zu lächeln, als die Demut
über ihn kommt wie ein zarter Sommerregen.

*

Der Beginn eines Sprints sieht anders aus, das
weiß Latour. Und fühlt sich wie jemand, der nach
sechs Wochen Bettruhe das erste Mal aufrecht
steht. Außerdem ist seine Krawatte verrutscht,
was ihn nervt, entpuppen sich die drei Mönche
doch als drei waschechte *Nonnen*, mit atypisch
muskulösen Oberkörpern natürlich.

*

Noch drei Meter.

Sein potentieller Sturmlauf muss derart erbärmlich aussehen, dass die drei Grazien nicht einmal in Kampfposition gehen.

Bleib stehen.

»Was?« Er wird langsamer. Eine sanfte Wärme umspült sein Bewusstsein. »When?«

Ja. Bleib stehen.

Er bleibt stehen. Wenn Teil eins des Plans war, seine Gegner zu verwirren, hat der Teil schon einmal hingehauen.

»Und jetzt?«

Nichts. Du atmest. Und gehst. Langsam. Ich bin bei dir.

*

Sras ist so schnell in seinem Kampfkreis, dass die Grenze zwischen Bewegung und Teleportation dünn wird. Aber der Violette ist auch schnell, sehr schnell. Vielleicht weil er aufgehört hat zu reden. Die Stäbe verschwimmen, als sie auf die Awarianerin zuschießen. Sie reißt ihre Unterarme hoch, spannt sich an, will die Spielzeuge mit einem Block zerbrechen.

Dann spürt sie, dass etwas nicht stimmt. Im letzten Moment bringt sie ihre Arme runter, taucht links an ihm vorbei und rollt sich ab, fast ungeschickt für ihre Verhältnisse. Noch aus den

Augenwinkeln sieht sie die zwei Titanstangen aufeinanderprallen wie Hammer und Amboss.

Ah, das könnte länger dauern.

*

Er fällt.

Die Wachleute, die eben noch auf den Mann eingeprügelt haben, der Jude verletzt hat, beginnen, sich in den Armen zu liegen. Tiefe.

Die Erwartungen seiner Eltern, die er kaum gekannt hat, und seines Ordens fallen von ihm ab.

Die Liegenden – und das sind viele, sieht der Domgang doch aus wie ein Notlazarett – beginnen, sich zu stützen und aufzuhelfen. Awarianer oder Domwächter scheint keine Rolle mehr zu spielen.

Die Erwartungen seiner Freunde fallen von ihm ab.

Wir sind alle nur Blätter im Wind, When.

Katjuscha und die letzten beiden stehenden Mönche, harte Knochen, liegen sich in den Armen. Was sie auch vorher bereits getan haben, aus purer Erschöpfung, aber jetzt scheint es die pure Herzlichkeit zu sein.

Dann lässt er seine Erwartungen fallen, Erwartungen an sich.

Das Einzige, was wir können, ist, mit dem Wind zu tanzen.

339

When?

Sras weicht einen Schritt zurück, dann zwei. Ihr Gegner hat jetzt den Blick eines Falken, fokussiert, eiskalt. Anders als bei ihr, denn sie fühlt eine gewisse Wärme und Freundschaft, was sie derzeit überhaupt nicht brauchen kann. Whens Wellen scheinen ihn nicht zu berühren. Seine Kampfstäbe schießen abwechselnd nach vorne, so schnell und im Einklang wie die Blätter einer Kettensäge.

Sras versucht, eine Lücke zu finden, aber da ist keine. Also weicht sie weiter zurück, hofft, dass ihr Gegenüber über einen der Leiber fällt, was jedoch nicht geschieht.

Plötzlich schießt ein Stab vor, trifft sie an der Schulter. Sie schreit auf, geht in die Knie. Schon ist er über ihr, ihr Kopf das Ziel.

Sie schließt die Augen. *When?*

Ja.

Dann streckt der Awarianer seine Hand aus, berührt den Fuß des Mönchs und schickt ihn zurück in eine glückliche Kindheit.

*

Time to Shine

»Na dann.«

Der Diplomat richtet sich und seine Krawatte, erinnert sich an Kriegsteilnehmer, die er hatte versöhnen können, erinnert sich, dass er gar nicht so schlecht abgeschnitten hatte.

Also geht er los, langsam, aber bestimmt, während er versucht, die gehobenen Waffen zu ignorieren.

»Vertrauen«, flüstert er, und atmet, bringt seinen Atemrhythmus auf die Frequenz der Wellen, die ihn durchfluten, stärker als je zuvor.

Dann tritt er in ihren Angriffskreis, versucht an ihren Mienen abzulesen, was geschehen wird, aber er blickt nur in versteinerte Gesichter, die ... unschlüssig wirken. Verwirrt.

Er macht einen Schritt nach vorne. Sagt: »Dürfte ich mal vorbei, die Damen?«, und sieht, wie sie zögern, dann beiseite weichen, immer noch mit einem verwirrten Gesichtsausdruck.

When, du abgebrühter Schweinehund, denkt er lächelnd.

Und plötzlich steht er vor der Tür.

*

Du musst dich beeilen, Freund.

»Ja.«

Geh auf. Er legt seine Hand auf die gigantische Klinke, blickt kurz zurück. Seine Freunde sind alle am Boden, so wie die meisten ihrer Feinde. Keiner würde den nächsten Waffengang überstehen, nicht einmal Sras.

Sie wird verschlossen sein. Das ist eine Konferenz. Natürlich-

Vertrauen, Freund, erinnert ihn When.

»Ja.«

Sei nicht verschlossen. Bitte sei nicht verschlossen.

Die Verstärkung ist für den Moment abgeebbt, aber das wird nicht so bleiben, das weiß er. Schon kommen die Wachleute näher und fragen sich, wen sie jetzt in Gewahrsam nehmen müssen und woher zur Hölle sie die ganzen Tragen nehmen sollen. Und auch die drei Betschwestern scheinen sich zu fragen, was da gerade passiert ist.

Geh auf.

Noch einmal atmet Latour tief durch. Denkt an Flugzeuge wie Sternschnuppen am Nachthimmel. Dann drückt er die Klinke mit fast schon zärtlicher Angst.

*

»Meine sehr verehrten Damen und Herren«, beginnt er mit etwas krächzender Stimme, aber wer will ihm das übel nehmen?

Er weiß nicht mehr, wie er es in die Mitte des Saales geschafft hat, erinnert sich nur, dass er seinen ganzen Körper brauchte, um dann fast mit der Tür in den Raum zu fallen. Jetzt fühlt er nur Erschöpfung – und Verwunderung, weil überraschend wenige Waffen gezogen worden sind, und er immer noch hier steht, inmitten von sehr mächtigen Menschen. Normalerweise würde er mit einem Witz beginnen und einige der Damen schalkhaft anlächeln, während er den Machthabern spitzbübisch zuzwinkern würde. Aber die Zeiten sind vorbei, das spürt er.

»Du musst dich nur an eine einzige Sache erinnern, wenn du da oben stehst«, hatte sein alter Lehrer immer zu ihnen gesagt, wenn er mal wieder vor einem Referat nicht schlafen konnte oder aus purer Furcht vor dem Vortrag krank gemacht hat. »Leute können dir vorher das Leben schwer machen und sie können dich nachher in der Luft zerreißen. Aber wenn du dort oben stehst, wenn du ihre Aufmerksamkeit hast, ist das deine Show und *nur* deine. Also mach was draus.«

Na ja, denkt er, *ich habe ihre Aufmerksamkeit, das ist sicher. Und ich stehe noch. Also los.*

*

»Mein Name ist Eric Latour. Ich bin Teil der diplomatischen Vertretung des Freistaates Awaria.«

Schweigen. Einige rümpfen die Nase und er weiß auch warum.

Langsam atmet er ein, spürt die Stille in sich aufbranden wie einen lautlosen Fluss, und weiß, dass es dieses Mal nicht When ist, nein, es ist seine eigene persönliche Stille.

Er blickt an sich herab. Atmet aus.

Was soll's. Babys pissen und scheißen die ganze Zeit, und die mag auch jeder.

»Unser Staat hat sich dem Frieden verschrieben. Dem Frieden und Glück jeder einzelnen Person, jedes einzelnen Landes, jedes Kontinents. Deshalb bitten wir demütig um die Erlaubnis, an dieser Konferenz teilzunehmen. Bitten geben Sie uns die Chance, den Frieden in diesem wunderschönen Land zu wahren.«

Dann verbeugt er sich tief und faltet die Hände zu einem Wai.

Entschuldigungen und Worte des Dankes

Auch wenn das vorliegende Buch, für jeden Leser offensichtlich, allein meiner Fantasie entsprungen ist, fühle ich mich dennoch verpflichtet, im Sinne Awarias und dessen Streben nach Harmonie, ein wenig Abbitte zu leisten. Beginnen möchte ich mit einer Entschuldigung an ganz Deutschland.

Unsere Heimat ist wunderschön, das wusste ich bereits vorher. Wie schön aber, und wie harmonisch, auch wenn es nicht immer danach aussieht, ist mir erst klar geworden, als ich alle Register ziehen musste, um dieses Land zu destabilisieren und für meine Helden eine Art „Wilder Westen" zu erschaffen(damit es nicht langweilig wird). Anstatt aber einen Nährboden vorzufinden, der es kaum erwarten kann, dass Gewalt und Hass aus ihm erwachsen, habe ich während meiner Recherchen erkannt, das vom höchsten Norden bis hin in unseren wunderschönen Süden Dörfer, in denen die Menschen füreinander das sind, sich an Städte reihen, die so groß sind, dass Frieden inmitten der Hochhäuser schon fast einer Unmöglichkeit gleicht.

Dennoch existiert dies alles, und ich kann vor allem Menschen, die Deutschland noch nicht kennen und uns hoffentlich einmal besuchen kommen werden, versichern, dass die Chance, auf einen mittelalterlichen Heerhaufen mit Maschinengewehren oder einen wilden Mob zu treffen, der einer Hexenverbrennung beiwohnt, doch relativ gering ist.

Besuchen Sie also unseren schönen Alten Peter und den Kölner Dom und natürlich den Wilhelmsturm im wundervollen Dillenburg; gehen Sie shoppen in Siegen, bevor das Militär die Galerie dann doch irgendwann mal wirklich zur ihrem Hauptquartier macht. Wandern Sie im Königsforst und reisen Sie durch so wundervolle Gemeinden wie Abbenroth und Amts-knechts-wahn(die gibts nämlich wirklich).

Sie werden es nicht bereuen.

Zum Abschluss geht meine tiefe Dankbarkeit an eine liebe Freundin in das schöne Kolumbien. Du hast mich von Beginn an unterstützt, Cathy. Vielleicht hätte ich es ohne dich geschafft... aber es wäre sehr schwer geworden. Die spanische Übersetzung wird irgendwann folgen, versprochen.

Herzlichen Dank und auch gleichzeitig meine letzte Entschuldigung habe ich für meine Lektorin Maria aufbewahrt. Meinen Dank deshalb, weil das Buch ohne ihre Hilfe nahe am Rande der Unverständlichkeit vor sich hin gedümpelt wäre, und meine Entschuldigung, weil ich ganz unawarianisch trotzig und selbstsüchtig viel zu oft auf meine chaotische und fehlerhafte Schreibweise bestanden habe(aber ich bin Schriftsteller, ich darf das).

Wenn irgendwie daraus eine halbwegs lesbare Mitte entstanden ist, wäre das so nah an dem Inhalt des Buches, es wäre schier kaum zum Aushalten;)